시즌2

맛있는 대들의

떡볶이보다

글쓰기

노정윤· 송지윤· 양은우· 강민준· 이서형· 조민재
이준민· 유경빈· 이유빈· 전도준· 윤지민· 이규하
정태훈· 강지민· 권규헌· 박한나· 안예원· 위수민
유석준· 채은솔· 양지원· 전희주
특별기고-오롱

쓰기, 혹은 씀, 기억하고픈

《떡볶이보다 맛있는 10대들의 글쓰기》는 2020년 여름에 나왔다.
그해 바로 《시즌2, 떡볶이보다 맛있는 10대들의 글쓰기》를 준비했지만, 2년이 지나서야 다시 선보인다.

원고를 모으려는 의지를 무참하게 막아선 코로나 때문이라 하련다.
대면보다 비대면으로 만나는 시간이 훨씬 많았기 때문이다.
그러다 보니 여기저기 흩어진, 떨어져 있는 10대들을 한자리에서 만나는 것은 불가능했다.

원고를 찔끔찔끔 보내오는 10대들이 가장 많이 한 말은 떡볶이를 먹고 싶다였다.
(책이 조금 나가 준다면 만나지 못 해 먹지 못한 떡볶이를 실컷(?) 먹을 수 있겠다고 생각했다. 상상만으로도 즐겁지 아니한가.)

코로나로 인해 만나지 못한 10대들은 느리게 글을 썼다.
떡볶이가 생각날 때도, 게임이 하고 싶을 때도, 쓰긴 썼다.

글은 억세지 않았고, 욕심이 없었으며 헐렁했다.
혼자 자기도취에 빠지면서 썼다. 이제야 여럿이 키득거린다. 모두 모였기에 가능하다. 함께라서 반짝거린다. 문장의 행간에서 특유의 반짝임이 눈부시다.
과장되지 않은 언어들, 유쾌한 문장의 감수성에 귀 기울이는 오늘은 이걸로도 충분하다.

광교산 자락 아래에서 오룡 쓰다

추천의 글

글은 마음의 창이다. 아이들의 글에는 사물과 세상을 바라보는 순수한 시선이 있다. 때로는 그 천진한 눈빛 속에서 번뜩이는 시선을 느끼는 지점도 있다. 이 책 속에는 초등학교 4학년부터 고등학교 2학년까지 꿈 가득한 10대 작가들의 글이 가득하다. 시나 소설로, 수필이나 독후감으로, 때로는 사회 문제에 대한 예리한 논리로 가득하다. 중요한 것은 다양한 아이들의 시선과 상상이 담겨 있다는 것이다.

가족, 친구, 공부, 사회 현상 등에 관한 진솔한 이야기를 직설화법으로 드러내는 그 순수함이 참 좋다. '내 시험지에 내리는 소낙비/ 그칠 날이 없다. 시험비', '듣고 싶은 말은 무어지? / 잘했어, 잘했어, 잘했어.' 우리 어린 작가들의 꿈이 무럭무럭 자라나기를 힘차게 응원하면서, 그 에너지가 다른 친구들에게도 짜릿하게 전해지기를 바란다.

10대 작가들의 이야기는 정말 떡볶이보다 맛있다.

안 영 선(시인)

기계와 디지털의 숲속에서 예전 연필을 깎아 꾹꾹 눌어 쓰는 글쓰기를 그리워하는 어른들이 많다. 그러나 자판과 화면이 대신한다고 해서 생각과 표현이 크게 달라지지는 않을 것이다. 동심 혹은 청소년의 감성이 담긴 이 책은 마치 거울을 보는 듯한 느낌을 준다. 솔직하고 마음속 메시지를 가감 없이 드러내고 있다. 마치 초여름의 풍경을 닮았다. 재잘대는 듯한 글들의 성찬이 즐겁다.

청년들을 매해 새롭게 만나면서 세대 차는 갈수록 벌어지고 소통은 힘들다. 늘 버겁던 즈음 어떤 책에서 이런 글귀를 읽었다. "요즘 세대들이야말로 가장 훌륭한 세대이다. 가장 인문학적 소양이 풍부하고 자신감으로 무장한 솔직한 세대"라는 것이다. 아직도 소통은 쉽지 않지만, 그들이 콤플렉스나 선입견 없이 의사를 전달하고 표현을 숨기지 않는 태도야말로 어쩌면 기성세대가 부러워하는 지점일 수도 있겠다.

그들의 언어가 소중하게 기록되고 그 기록이 많은 이들에게 기억되기를 바란다.

윤 기 헌(부산대 교수)

나도 작가가 돼 나만의 책을 갖고 싶다는 오랜 꿈이 있는데 방법을 찾지 못해 거의 포기한 상태였다. 그런데 이렇게 어린 친구들이 큰일을 해내는 걸 보니 마구 부끄러워진다. 용기 있는 걸음을 디딘 작가분들께 박수를 보낸다.

가족, 꿈, 취미와 관련된 내용부터 난민, 통일, 환경에 관한 이야기까지…. 친구들의 관심 분야에 한계가 없어 깜짝 놀라면서도 또 글 속에 흐르는 마음은 한결같이 너무 곱고 예뻐서 한 명 한 명 안아주고 싶기도 했다.

오랜만에 들춰 본 학창 시절에 쓴 일기장에서의 나는 너무 똑똑하고 바른 학생이라 깜짝 놀란 적이 있다. 시간이 조금 흐른 뒤 친구들도 본인의 글을 다시 읽어보면 한없이 자신이 기특하고 사랑스러워질 것이다. 학교 앞 떡볶이 집보다 그때 자신이 더 그리워질 것이다

이윤아(SBS 아나운서)

나의 기대를 벗어났다. 당연히 역사서라 생각했다. 그러나 글쓰기였다. 오룡 선생님은 못하는 게 뭘까? 나의 기대 이상이다. 요즘 10대들의 글이 이렇듯 자연스럽고 다채로운 생각을 담다니, 서툴지만 솔직하고 창의적인 게, 나와 세상을 정화한다.

추천서 요청이 '왜 나일까?' 계속되는 의문이 책을 읽고야 풀렸다.

자세히 봐야 예쁜 들꽃 같은 10대 문장가들이 너무도 빛나서, 나 같이 시시한 이도 알아볼 수 있기 때문이다. 그리고 모든 게 영광이었다.

유향숙(사서 · 분당도서관 자료 정보팀장)

《시즌 2, 떡볶이보다 맛있는 10대들의 글쓰기》를 읽은 후 느낀 점은 바로 '신박함' 자체였다. 우리 친구들의 솔직 담백한 이야기 속에 담겨있는 아름다운 꿈과 희망을 보면서 내내 행복했다.

무엇보다 작가가 된 여러분들이 부러웠다. 이 책 덕분에 나도 멋진 작가의 꿈을 꾸게 되었다. 10대의 어린(?) 작가들로 인해 용기가 생겼다. "세상에서 가장 맛있는 떡볶이보다 글쓰기가 더 재밌다."라는 이 책의 주인공들에게 가장 큰 박수를 보낸다.

황은영(용인예술과학대학교 겸임교수·아나운서)

시즌2

떡볶이보다
맛있는 10대들의 글쓰기

차례 | CONTENTS

노정윤(야탑초 4)

꽃망울 조잘조잘, 맑은 웃음이 싱그러운 아이다. 환하고 투명한, 찬란한 미소는 오월 햇살보다 청아하다. 따뜻해서 봄이 왔고, 푸르러서 여름이 왔다. 쓰기와 읽기와 말하기는 언제나 최고다. 빛은 하나로 모여 더 밝은 것이다. 정윤이의 오늘이 빛나는 이유는 분명하다.

솜사탕 같은 구름

날씨가 화창한 날이다

구름에 몽실몽실 솜사탕이 몰려온다

이번엔 포근포근한 솜사탕의 촉감이 몰려온다

왠지 구름 위에 앉으면 솜사탕처럼

몽글몽글 퐁실퐁실한 느낌일 것 같다

왠지 구름 위에 앉으면 무지개처럼 화려한

빗방울들이 고여 있을 것 같다

스펀지처럼

구름도 벌써 녹았나 보네

벌써 어둑어둑한 밤이 왔네

구름도 솜사탕처럼 녹았네

하늘색

화창한 9시의 하늘

매끈매끈한 하늘색은

화창한 오전 9시의 하늘

내입에서 상쾌하게 퍼지는 소다

팡! 팡!

내 입안에서의 하늘색은 상쾌한 소다

쌩~ 쌩~

보트 타고 신나게 놀 수 있는 바다는 시원한 하늘색

탄탄한 아이스링크

제일 탄탄한 하늘색은 신나게 스케이트 타는 아이스링크

이것이 바로 하늘색

눈을 감고도 느껴지는 하늘색

가을

가을에는
바람이 말을 한다

가을에는
햇살이 말을 한다

가을에는
햇살이 뜨겁기도 하고
추울 때도 있다

이눔 쉬끼

이눔 쉬끼!
엄마가 말했다

이젠 알아요
엄마가 나를 위해 말하는 것을

이젠 알아요
귀여운 소리라는 것을

이젠 알아요
농담이란 것을

이제는 알아요
정말 잘 알아요
'엄마가 너를 사랑해'

12

아름다워요 엄마

아름다워요. 엄마.

엄마라는 생각이 들 때마다 감동스럽고요.

엄마, 엄마라는 흔적이 삶에 맺히게 해 주셔서 감사하고요.

엄마, 엄마가 태어나주셔서 감사하고요.

하필이면 제가 숨을 못 쉬어서 죽을 수도 있었는데, 엄마가 잘 참아준 덕

분에 제가 태어날 수 있었어요.

엄마라는 존재는 나를 위해서 태어났고, 나를 행복하게 해주는 존재이

자, 나에게 엄마라는 그런 고마운 이름을 부르게 할 수 있는 따뜻한 존

재가 있어서 좋았어요.

후회 없이 살고 싶다

나는 후회 없이 살고 있다. 최선을 다했다. 친구들에게 질투도 얻었다. 그것도 참 좋은 일이다. 엄마가 나보고 많이 성장했다고 한다. 이것으로만 완벽한 것 아닐까? 그래도 진짜 짜내서 딱 하나는 있다. 1학년 때 왕따처럼 느껴졌던 시절이다.

그때 애들이 나만 빼놓고 놀고, 내 뒷담화를 하고, 내가 틀렸다고 항상 말하는 친구가 있었다.

1학년 때는 괴로움…. 2학년 때는 코로나…. 3학년은 완벽이다. 이젠 내가 나를 어떻게 꾸려 나가도 되는지 알고 충분히 잘했다고 생각한다. 나는 모든 사람의 기억에 유재석 같은 유명한 사람으로 남고 싶고, 빨리 성장하여 나의 꿈을 이루고 행복하게 생을 마감했으면 좋을 것 같다. 그게 제일 행복한 마감이니까.

탐구하는 미래

우리는 미래를 탐구하는 사람이다. 미래는 참 알기 어렵다. 요즘에 메타버스, 왜 메타버스가 인기 있나? 그것도 참말로 신기하다. 인터넷, 현실이 동행하는 사회가 어느새 되어 있다. 함께 성장을 빠르게 해 갔으면 좋겠다.

알 수 없는 길을 헤맬지라도 인터넷만 있으면 끄떡없고, 인터넷이 이상한 말을 해대면 사람이 빨리 고쳐주면 된다.

그럼으로써 우리는 스마트한 현실에서 잘 살 것 같다. 이것이 나의 추측이다.

별. 아프다. 바다. 그리움

마음이 아프다 그 애는 멀리 이사하였다. 그리움에 빠져 나는 별이 빛나는 밤에 바다에 가서 기도했다. 제발 그 애를 잊게 해주세요. 너무 그립지만 나도 이제 그 애와 이별할 때가 온 것 같았다.

보고프다. 막막하다. 아무도 없다.... 멍

별을 보며 오늘도 내일도 빌었지만, 응답해주는 이조차 한 사람도 없었다.
아무도 없는 쓸쓸한 밤이다. 그냥 멍하니 바다만 바라보며 소원 비는 것 같아 막막하다. 그 애를 보고프다. 제발 돌아와 줘.
며칠 뒤 누가 배를 타고 여기로 왔다. 기대에 못 미쳐있었다.
누구지? 바로 그 애가 아닌 해적이다. 아. 이게 뭐야…. 또 울고….
그치는 날이 없어 우울증에 걸렸다.
바다로 뛰어들어 그 애를 보고 싶기에 바다로 떨어졌다.
슬픈 밤…. 그리운 밤…. 나는 더 이상 이 세상에 없는 이가 된 듯하다.

밤. 고백. 이별

밤이 되었다. 나는 고백을 했다. 첫눈 오는 날에. 하지만 슬프게도 사랑은 끊기고, 그 애와의 뭔가가 사라졌다. 한마디로 이별?
그 애는 내가 싫었는지 고백을 거절하고, 이별하자고 말했다.
이럴 거면 고백도 안 할걸. 슬픈 사랑이다.

<긴긴밤>의 노든에게

노든에게. 노든아. 이 세상으로 나오니까 꽤 삶이 즐거우면서도 힘들지?

사람 때문에 엄청나게 고생하니까 불쌍해. 난 네가 꼭 즐겁고 웃으며

하늘나라로 갔으면 좋겠어. 세상으로 막 나왔으니 힘들 거야.

잘 참고 이겨내 봐. 우리 모두 힘내자.

<긴긴밤>의 펭귄에게

펭귄아. 나의 일은 이제 끝났어. 이제 네가 가는 거야.

너의 인생을. 내가 살아가는 건 아니야. 힘들지만 두렵지만 버텨봐.

나는 너를 항상 응원해.

두렵지만 용기를 내봐. 훌륭한 펭귄이 되려 하는 너의 마음을 알아.

그 마음은 끝까지 잃지 마. 어느 순간 너는 역사적으로 가장 위대한 펭

귄이 되어 있을 거야.

넌 네가 얼마나 행복한 아이인지 아니?

인상 깊은 점은 '미안함'이에요.

이유는 아프리카 아이들은 다 고통받는데, 왜 우리는 행복할까요?

그게 미안해요. 여기서 가장 인상 깊은 챕터는 '초콜릿의 쓰디쓴 비밀'이라는 챕터입니다. 가장 좋아하는 초콜릿을 사 먹기 위해 용돈을 꽤 많이 쓰는데, 초콜릿에는 아이들의 고통이 담겨있었다는 것에 놀랐습니다.

또래 친구들의 슬픔과 눈물이 담겨있는데도, 비싸다고 투덜거렸거든요.

가끔 TV 화면에 나오는 후원 광고를 봤을 때의 느낌이 떠올라 책을 읽으면서, '난 정말 행복하구나'를 생각했답니다.

기부는 금액의 문제가 아니라 마음이라는 생각도 들었고요. 이렇게 고통받고 굶주리는 친구들을 위해 나눔을 위한 후원을 실천하려고 합니다.

송지윤(야탑초 4)

복사꽃처럼 은은한 미소가 일품인 아이다. 돌담에 속삭이듯 부드러운 아이의 귀엣말은 긴 여운으로 남는다. 지금도 그러하고 앞으로도 그럴 것이다. 아침 해돋이 눈 시린 빛발보다 밝은 마음. 지윤이는, 잊히지 않을 열한 살의 빛깔을 마음껏 보여주며 환하게 웃고 있다.

연어라는 책을 읽었어

다들 모를 수도 있지만 연어들은

아주 고달픈 삶을 살아.

그런 연어들에게 하고 싶은 말이 있어.

"연어들아 안녕, 너희에게 아주 큰 것을 얻었어.

바로 살아가는 데에는 아주 힘든 고난이 있지.

하지만 그것을 뚫고 나가야 해"하고 말해주는 것이야.

행복을 읽어도 포기하지만. 언젠간 빛이 올 거야.

얘들아 내가 재미난 이야기 해줄까?

옛날 옛적에 심학규라는 한 남자가 살았는데 안타깝게도 심학규는 시각장애인이었지. 딸도 잃고 부인도 잃고 참으로 불쌍했지.

딸의 이름은 심청이, 청이었어. 청은 안타깝지만, 아버지를 위해 자기 목숨을 바쳤지.

여기서 잠깐!

그 뒤로 심청이는 용왕님 덕에 살아서 연꽃으로 변해 궁전에 들어가 황후가 되었어. 심청은 아버지를 보고자 하는 마음에 시각장애인 축제를 벌였지. 그러자 아버지가 보인 거야. 그래서 청은 기쁜 마음으로 아버지와 상봉했지.

오늘의 이야기는 여기서 끝!

바람이 주는 것

살랑살랑 살랑

쏴아 쏴아

바람 소리를 들으니

내 마음도 편안해진다

휘잉휘잉 에취!

어라 바람이

나한테 감기를

줘버렸네

딸기

새콤달콤 입안에서

팡팡 터지는

맛있는 딸기

냠냠 쩝쩝

어느새 한 접시

뚝딱

검정색

둥실둥실 끝없는 우주를 탐험

하는 기분

스극스극

연필로 글씨 쓰는 기분

까악까악

까마귀가

시끄럽게 우는 소리

이것이 바로 검정색

눈을 감고도 느껴지는 검정색

흔들리는 마음

공부를 안 하고 놀기만 한다고

어머니한테 잔소리를 들었다

잠을 자려는데

어머니가 살금살금

문을 열고 들어오셨다

자는 척 눈 감고 있으니

어머니가 내 눈물을 닦아

주셨다

베 짜는 베짱이

둥근 보름달이 바람 타며 지나가고

풀잎에 앉아서

베를 짠다 베짱베짱

베짱베짱

밤새도록 잠을 않고

쉴새 없이 베를 짠다

밤새워 짜는 베는 그야말로

훌륭한 비단

값진 비단 다 모여도

베짱베짱 베짱이 비단이 으뜸

밤하늘

반짝반짝 예쁜 별

둥실둥실

둥근 달

모두 모여 밤하늘의

아름다운 조화를 만든다

둥실둥실 반짝반짝

아름다운 별과 달

가을 잎

울긋불긋 울긋불긋 예쁜 단풍잎
단풍잎아 단풍잎아 어찌 그리
예쁘니?
가을이 오면 예뻐지지
은행잎아 은행잎아 어찌 그리
예쁘니?
살랑살랑 가을바람이 오면
예뻐지지

여자들이여 힘을 내라!! <박씨부인전>을 읽고

박씨 부인의 혼잣말

내가 비록 힘든 시기에 태어나서 고생했지만
내가 해야 할 일, 임무들은 모두 마쳤다.
여자들, 여성들이 비참하고 안 좋아 보여도 여자들은 알고 보면 해야 할 일을
완벽하게 한다.
그러니 여자들이여. 힘을 내라.

아버지께서 추천해주신 신랑이랑 결혼했다.
신랑은 나의 얼굴을 보면서 '아 웬, 호박이 다 있냐?'라고 생각했을 것 같다.
하지만 그 반대로 나는 신랑이 너무 맘에 들었다.
잘생기고 재주도 있고 딱 내 스타일인데.
신랑은 나를 멀리한다.
지금은 겨우 방에 들어와 등을 돌리고 앉아 있다.
나도 언젠간 허물을 벗겠지?

이시백의 독백

아버지께서 결혼하라고 하여서 결혼하긴 했는데. 이게 웬 말이냐?
엄청난 미인인 줄 알았더니 웬 호박이 있냐?
결국 조금씩 피해 가는데 아버지께 꾸중을 들을 것 같다고 생각하였더니 정말
꾸중을 들었다.
나도 좀 가까워지려 애썼지만 박씨 부인의 얼굴을 볼 때마다 다시 나오게 된다.
부인에게는 조금 미안한 마음이 든다.

양은우(야탑초 4)

새싹이 가장 아름다울 때 만난 아이. 웃음은 잔잔하고, 말은 정갈했다. 사계절이 지나서 다시 초록의 빛이 들었다. 어찌할 것인가, 향기로운 웃음이 여전하니 진정 지금이 은우의 계절이다. 그러므로 얼마나 축복인가. 글발이 꽃씨처럼 날려 소멸하지 않고 있으니 늘 오늘처럼 빛나리.

엄마 없는 날

심심하다 집에 엄마가 없으니까

심심하다 할 게 없으니까

심심하다 핸드폰 시간이 없으니까

심심하다 전자피아노 소리가 안 나니까

배고프다 다 먹어버려서 먹을 게 없으니까

졸리다 누가 재워주지 않으니까

더럽다 아무도 청소를 하지 않으니까

빨리 엄마가 오면 좋겠다

아름다운 세상

혼자인 고요한 밤
아무 소리도 들리지 않고
세상을 밝힐 수 있을까?
나는 고요한 밤의
소릴 들어요

지나간 시간을 생각하며
다시 맑은 세상을 만들자
슬픈 생각은 다 버리고
모든 세상을 밝혀요

이제는 밝아진 세상
어두운 세상이 밝아지면
어디에나 밝은 빛이 있고
웃음소리가 가득해요

잘못된 시대

어른들이 돈만 좋아하는 시대

잘못된 시대

학교를 자주 빠지는 시대

잘못된 시대

쓰레기를 아무 곳에 버리는 시대

잘못된 시대

사람을 죽이는 잘못된 시대

얼굴을 볼 수 없는 잘못된 시대

와라 빨리 와라

늦었다

학교에 가야 해

빨리 와라

떡볶이 먹고 가려면

가야 해

빨리 가야 해

빨리와

이러다

지각하면

내가 아닌

선생님에게 혼날 수 있다

일식집에서 있었던 일

겨울에 가족들과 가락국숫집에 갔다.

메뉴판에는 일식의 종류가 많이 적혀있었다.

아빠가 "추우니까 뜨거운 거 먹자!"라고 말씀하셨다.

우리 가족은 따듯한 가락국수를 시켰다.

추운 겨울날에 먹은 가락국수였다.

호호 불어먹을 때마다 입에 놀이공원이 지어진 듯했다.

정말 맛있었다.

세상 모든 음악가의 음악 이야기

책이 내 마음에 쏙 들었다. 왜냐하면, 좋아하는 작곡가들이 많이 나왔다. 슈베르트가 작은 별을 지었고, 베토벤은 엘리제를 위하여 사장조 미뉴에트를 지었다.

세상에나, 이렇게 노래도 많고, 아이쿠나 아직 모르는 음도 너무 많다. 월광 같은 곡은 작곡하는데 얼마나 힘들었었는지 이해가 된다. 나도 예전에 '은우 지옥'이라는 노래를 만드는 데 힘이 들었다.

그런데도 나는 그때마다 베토벤을 생각하며 열심히 만들었다. 왜 내가 베토벤을 생각했냐면 베토벤은 귀가 안 좋아서 음악을 듣지 못했을 텐데도 얼마나 대단한 곡을 많이 만들었나 하는 생각이 들어서이다.

그 자신이 열심히 곡을 만들겠다는 대단한 열정, 그 마음을 받아 음악을 만들고자 했기 때문이다.

아, 대단한 것은 또 있다. 바로 은우 이다. 지금 이 책을 열심히 읽고 있다니 기특하다.

특별한 요리 수업

갑자기 음식이 당긴다. 특히 설렁탕에 깍두기. 순전히 〈너굴할매의 특별한 요리 수업〉이란 책을 읽었기 때문이다.

책은 주인공이 요리대회에 참가한 뒤 요리를 배우는 과정을 보여준다. 한식 셰프인 너굴할매를 찾아가고 역사적 인물들을 만나며 요리의 탄생을 보여주는 내용은 흥미진진하다.

설렁탕, 김치, 탕평채, 똥 떡에 대한 유래를 알게 되었다. 특히 김치의 종류를 많이 알았다. 김치는 삼국시대부터 있었는데 그때는 침채라 불렸다고 한다. 붉은 김치가 나온 것은 임진왜란이 끝나고 일본에서 고춧가루가 들어오기 시작할 때부터라고 한다.

〈너굴할매의 특별한 요리 수업〉은 우리나라의 여러 가지 문화와 역사가 담긴 음식이 있다는 것을 알게 해주는 책이다. 앞으로 음식들을 대할 때 그 문화와 역사가 궁금해질 것 같다.

 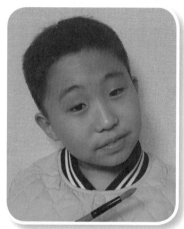

강민준(늘푸른초 5)

천천히 걸어라, 영혼이 이토록 아름다우니. 가장 빛나는 별을. 지금, 이 순간에 본다. 빛에 둘러싸인 아이의 미소가 광년(光年)을 거쳐 막, 도착했다. 창문을 열고 금방 달려 나올 것 같은 민준의 웃음을 생각하며 하늘을 본다. 나중까지, 아주 나중까지 그리워질 '천진무구' 앞에 멈춘다.

만화책 중독

만화책
이것은 중독이다
이것은 득 또는 독, 둘 중 하나이다

득인 이유는 배꼽을 잡기 때문이다
만화 그림도, 주인공의 말투도, 인물들의 우스꽝스러움도
나의 흥미를 끈다

그러나 독도 많다
만화책 한 권을 완독하면 재미가 없어져서
책값이 아까워질 때도 있다
그 재미에 빠져 할 것을 미루다 보면
태산만큼 높아진 숙제들이 보인다

하지만 만화책을 계속 사게 되는 이유는 뭘까?
만화책을 처음 펼쳤을 때
재미있는 냄새, 흥미가 폭발한 향기

이게 중~독~인가

침대

오늘도

피곤한 나를

편하게 안아주는 침대

침대는 엄마다

항상 날 감싸주시고

보들보들 보듬어 주신다

침대는 아빠다

아빠의 푹신한 뱃살은

내 침대의 푹신한 매트리스

나는 침대가 좋다

날 행복하게 만들어 주는 침대

"침대야 고마워!!"

시험비

시험지에 내리는 소낙비

비가 온다면

비야 비야 빨리 그쳐라

동그란 우산아

비를 가려줘!!

쓱~ 시험지를 내민다

(채점이다!!)

싹싹!!

내 시험지에 내리는 소낙비

그칠 날이 없다. 시험비

사랑

우리는 사랑하는 것이 있다
(나의 사랑은 비밀이다. 쉿!!)

없다고? 아니 모든 사람은 100% 사랑하는 것이 있다
식물, 동물, 사람 등등 말이다

다시 생각해 보자
당신은 사랑하는 대상이 있을 것이다
있다면
그 사랑의 대상에게 잘해주자. 부디

도미노 게임

나는 지금 도미노 게임을 만들고 있다

하나하나 조심조심 얼음판을 걸으면서 말이다

친구들이 보인다

"얘들아, 도미노 만들자"

"싫어, 우리는 술래잡기 할 거야"

속으로 생각한다.

"이 재미있는 도미노 참맛을 모르는 녀석들"

시간이 지나고 도미노가 길게 완성할 때쯤

짓궂은 애들이 끝 쪽 도미노를 무너뜨린다

결국 난 다시 도전한다

그리고 생각한다

이 도미노 참맛을 나만 볼 거야!!

운

헤헤, 오늘 하루도 잘 시작해야지!!

펙!

윽.. 아야

책상, 의자 다리에 새끼발가락이 찧었다

하하, 그냥 오늘의 불운을 사용했다고 생각하자

친구네 집에 놀러 갔다

재미있게 놀고 집에 가는 길

신나게 달린다

펙!

으..아야

달리다가 넘어지고 구른다

불운이 끝난 줄 알았는데

오늘 하루 시작과 끝을 몹시 아프게 보냈다

나의 행운의 여신은

내일 꼬옥 와주시겠지

44

이서형(늘푸른초 5)

절제된 마음과 우아한 감성은 순전히 내공(內功)이다. 말하는 것은 쉽게 지워지는 것을 안다. 그렇기에 쓴다. 연필로 꾹꾹 눌러 쓴다. 속삭이듯 써 내려간 언어는 소년의 마음이다. 온전한, 오롯하게 그려 낸 마음. 속도보다 아름다운 것은 생각의 방향이다. 지금, 이 순간이 바로 서형이다.

고려청자, 도공들의 피눈물로 만든 명품

옛날의 고려청자는 그 시대의 명품이었다. 고려청자는 도공들이 직접 손으로 만든 것이다. 도공들은 주로 '소'에서 살았는데 이곳을 벗어날 수 없는 노비의 삶을 살았다고 한다. 이래서 도공들은 고려청자를 만들기 싫어도 만들 수밖에 없었다.

하지만, 여기서 끝이 아니다. 이 고려청자는 도공들이 몇 달 동안 수백 수천 개를 만들어, 잘 만들어진 몇 개만 선택되었고, 그 몇 개 외에는 모두 버려졌다. 이 도공들은 소에서 벗어나지도 못하고 활동도 제한되어 굉장히 우울하고 절망스러웠을 것 같다.

하지만, 그렇게 열심히 청자를 만들었어도 여기에 자신의 이름 단 한 글자 새기지 못한다. 도공들은 고려청자에 자신의 마음을 새겨 놓았을 것이다. 고려청자의 청색과 옥색은 군자처럼 부귀영화를 누리고 싶은 마음이었고, 학은 최고 벼슬이 되고 싶은 마음이었을 것이다.

큰 고려청자는 보석 같은 귀중품을 많이 넣고 싶은 사람들의 욕망이었을까? 고려청자는 도공들의 삶의 고통을 꾹꾹 눌러 담은 물건이고, 신분의 차이를 명확하게 드러내는 물건이었다. 고려청자는 지배층들에는 그저 사치품이었지만, 도공들에게 많은 시간을 들이고 도공들의 한을 새겨 넣은 물건이었다.

고려청자는 인간의 노력과 집중이 이루어 낼 수 있는 아름다움의 길을 열어주었다. 이것은 고려의 도공들이 우리에게 준 아름다운 선물이다.

의자

나는 매일 의자에 앉는다. 그리고 그 의자들은 매일 나에게 의미를 준다. 그렇게 나에게 의미를 주는 의자들은 권력 의자, 명령 의자, 휴식 의자가 있다. 하지만 나에게 없는 내가 가지고 싶은 의자도 있다.

나에게 자격을 주는 권력 의자는 '학교 의자'이다. 학교 의자는 나처럼 학교의 학생이기 때문에 앉을 수 있다. 나는 학생이라는 권력으로 학교 의자에 앉아서 공부하며 나의 꿈과 미래를 키워나간다.

나에게 명령을 하는 명령 의자는 여러 가지가 있지만, 그중 하나는 '소파'이다. 소파는 내가 스마트폰을 하게 만든다. 나는 소파가 편해서 스마트폰을 편하게 할 수 있어서 소파에 앉으면 저절로 스마트폰을 하곤 한다.

하지만 반대로 내가 스마트폰을 쓰지 말라고 막는 의자는 '내 방 의자'이다. 내 방 책상에는 미룬 숙제들이 널려 있어서 스마트폰을 절대 하지 못하게 한다.

내게 휴식이 되게 해주는 휴식 의자는 '미술 의자'이다. 나는 미술 의자에 앉아 그림을 그리면 휴식이 된다. 내가 그린 작품을 보면 기쁘고, 자랑하고 싶은 마음이 생겨서 휴식의 의자가 된다. 그럼으로써 나는 더 멋진 작품을 만들어 낸다.

내가 가지고 싶은 의자는 '위로의 의자'이다. 나는 위로를 받으면 슬픈 감정들이 사라지고 기운이 나기 때문에 위로의 의자가 있었으면 좋겠다. 내가 친구와 싸우거나 억울한 일을 당했을 때 나를 위로 해주고 이해해 주는 의자가 있으면 얼마나 좋을까?

나는 매일 의자에 앉는다. 모두 화려하거나 특별한 의자는 아니지만, 이 의자에 앉아 공부하거나 그림을 그리고 휴식을 취하며 나를 더 훌륭한 나로 만들어 준다.

나의 씨앗

나는 지금 수많은 씨앗을 심고 있다. 그리고 나의 씨앗들은 감정에 따라 시시각각 바뀐다. 기쁠 때는 열정의 씨앗, 화날 때는 분노의 씨앗을 심는 것처럼 말이다.

내가 지금 심고 있는 씨앗은 승리의 씨앗이다. 나는 항상 무얼 할 때는 이긴다는 생각으로 한다. 만약 내가 질 생각을 한다면, 나는 그 경기나 일에 최선을 다하지 않을 것이다.

하지만, 자신감만 있다면 최선을 다해 승리할 확률이 높아질 것이다. 이 씨앗은 자신감만 있다면 나는 10년, 100년, 1000년까지도 키워낼 수 있다고 생각한다. 이런 씨앗은 어떤 경기뿐만 아니라 다른 일에도 성공적인 결과를 이뤄낼 수 있을 것이다.

나는 가지고 싶은 씨앗도 있다. 그것은 인내의 씨앗이다. 나는 항상 무얼 참지 못하고, 인터넷 로딩 시간 같은 것이 조금만 길게 늘어져도, 정말 답답해 죽을 것 같은 기분이다. 가끔은 5초가 30초처럼 느껴지고, 인터넷이 5초 이상 걸리면 "우리 집 와이파이에 문제가 있나?"라는 생각도 한다. 인내가 이렇게 없으면 사소한 일에도 스트레스가 쌓이기도 한다.

내가 키우고 있는 이런 씨앗들은 잘 가꾸면 활짝 피어나는 예쁜 꽃이 될 것이다.

미리 써보는 회장 선거 연설문

안녕하세요.
저는 기호 O 번 이서형이라고 합니다.
제가 만약 회장이 된다면 학교를 공연장 같은 학교로 만들겠습니다.
여러분의 작은 목소리에도
스피커처럼 크게 받아들여 의견을 귀에 쏙쏙 들어오게 하겠습니다.
마이크처럼 큰 목소리로 여러분들을 이끌어 나가겠으며,
떼창처럼 여러분의 협동심을 일으켜 세우겠습니다.
팬 사인회의 사인처럼 이 학교의 회장 역사를 써나가겠습니다.
마지막으로,
우리가 리뷰를 남기는 것처럼 건의함에 여러분의 의견을 넣어주시면,
그 의견을 반영할 수 있도록 최대한 노력 하겠습니다.
저는 첫째도 여러분, 둘째도 여러분, 셋째도 여러분들을 위한 학교를 만들고,
학생들과의 불협화음은 만들지 않겠습니다.
감사합니다.

연설문을 미리 써보니, 마치 내가 진짜 회장 선거에 나간 느낌이다.
내년에는 내가 회장이 되면 좋겠다.

스무 가지 질문

무거운 것은 무어지?

내 속에 쌓인 부정과 근심

짧은 것은 무어지?

친구들과 함께 있고 노는 시간

약한 것은 무어지?

한번 실수하면 무너질 것 같은 자신감

깊은 것은 무어지?

무얼 만들어낼 때 하는 내 생각

가벼운 건 무어지?

모든 할 일이 끝나고 놀 일만 남은 나의 기분

사라지는 것은 무어지?

어제 내가 한 숙제의 힘듦

항상 내 주변을 맴도는 것은 무어지?

가족 생각

내가 바라보는 곳은 무어지?

나의 꿈을 이룰 수 있게 해주는 노력

내가 끔찍하게 싫어하는 것은 무어지?

친구들과의 싸움

내가 절대 잊을 수 없는 것은 무어지?

처음 학교에 입학하고 새 친구들을 만났을 때의 설렘

시간이란 무어지?

어떨 때는 빠르고 어떨 때는 느린 것

나를 두렵게 하는 것은 무어지?

실패하는 나

아름다운 것은 무어지?

내 주변에 있는 모든 것들

추한 것은 무어지?

엄마에게 혼날 때마다 말대꾸하는 나의 모습

보이지 않는 것은 무어지?

남의 생각과 마음

끝이 없는 것은 무어지?

나의 무궁무진한 미래

듣고 싶은 말은 무어지?

잘했어, 잘했어, 잘했어

다시 또 듣고 싶은 말은 무어지?

잘했어, 잘했어, 잘했어

거울

거울은 나를 비추어 주기도 하고 빛을 반사하기도 한다.
그리고 이런 거울은 내 생각과 마음을 비치어 주기도 한다

나를 확인 시켜주는 확인의 거울은 부모님이다.
부모님은 내가 잘못한 것이 있으면 내가 확인하고 고치게 하고, 내가 잘한 것
이 있어도 그것을 확인 시켜주며 더 잘 할 수 있게 해준다.
부모님이 날 확인 시켜주고 나 자신을 알면 나 스스로 올바른 선택을 할 수 있
고, 문제 해결을 할 수 있다

나를 비추어 주는 거울은 내 친구이다.
친구는 닮는다는 말이 있다. 나의 친구는 나를 닮아 가게 된다. 이런 나를 비
추어 주는 친구의 모습을 보며, 나는 나를 올바르게 마음과 인성을 가꾸어 나
간다.
하지만 이것이 잘못 비추어지면 나 자신을 너무 사랑하거나, 반대로 자신감이
떨어져서 나 자신에게 관심이 없어질 수도 있다. 그래서 이것의 균형을 잘 맞
추어 가며 살아가야 한다고 생각한다.

나를 생각 해주게 하는 생각의 거울은 학교이다.
학교는 나에게 많은 걸 생각하게 해준다.

나에게 다양한 지식을 주거나 상상력을 뽐낼 수 있는 기회를 주기도 한다.
또한, 학교는 내 잘못된 고정관념과 선입견을 없애주고, 내 잘못된 습관을 고
쳐주기도 한다.

우린 매일 하루도 빠짐없이 거울을 본다.
그 거울들은 내가 올바른 길을 걸을 수 있도록 도와주기도 한다.

내 신발

신발은 나를 많이 도와준다. 신발은 내 발이 더러워지지 않고 아프지 않게 해준다. 그리고 몇 동화에서는 신발이 다른 차원으로 가게 해준다.

신데렐라는 자기 신발을 찾고 왕자님과 결혼을 하였고, 콩쥐팥쥐의 콩쥐도 마찬가지였다. 이 둘의 공통점은, 안 좋은 대우를 받다가 신발을 찾고 나서, 차별이나 좋지 않은 대우를 받지 않는 세계로 갈 수 있었다. 이런 신발은 나를 상징 하고 나를 이동 하게 해주는 그것으로 생각한다.

내가 지금 신고 있는 신발은 나의 자신감이다. 나의 자신감은 내가 축 처지지 않고 더 멀리 걸어 나갈 수 있게 도와준다. 또 이것은 내가 무얼 시도하며 나의 미래를 무궁무진하게 만들어 주기도 한다.

내가 가지고 싶은 신발도 있다. 그 신발은 음악의 신발이다. 나는 평소 악기를 잘 다루지 못한다. 항상 음정이 이상하고 내 뜻대로 되지도 않는다. 하지만 나는 음악을 좋아한다. 그런데 악기를 잘 다루지 못하는 것이 아쉬워 난 음악의 신발을 신고 싶다.

나는 신발을 신고 어디로든 걸어 다닌다. 신발을 신고 여기도 걸어 다니고, 저기도 걸어 다닌다. 또는 이 시간, 저 시간으로 이동하기도 한다.
그 발걸음이 바로 나의 역사이다.

조민재(늘푸른초 5)

바라본다는 것은 '바라며 보는 것'이다. 민재는 생각대로, 생각하는 대로
되어간다. 민재의 마음은 참 맑다. 밝은 얼굴처럼 빛나는 꿈은 더 환하다.
영롱한 꿈을 꾸니 햇빛은 화사하고 시간은 총총하다. 공유하는 시간을 남
겨놓은, 여행의 여유로움이 가득한 날이므로 쓰련다. "보석 같은 미래를
응원한다."라고.

꿈에 관하여

우리 학교는 매년 진로 축제를 열어 각자의 꿈에 대한 노력을 자랑한다. 난 1학년 때부터 경찰이 꿈이다. 우리 엄마는 내가 유치원 때부터 우리 학교에서 어머니 경찰 회장으로 봉사를 하고 있다. 그런 모습들이 내가 진로를 정하고 꿈을 꾸게 하는 밑거름이 되고 있다.

우연히 본 〈주토피아〉에서 나는 주디를 만났다. 공교롭게도 나 또한 십이간지 중 토끼띠이다. 외모는 귀엽고 여리게 보이지만 용맹함과 정의감으로 넘치는 나의 모습과 닮았다. 이 영화는 선입견과 싸우는 용감한 주디의 이야기다.

나의 꿈은 경찰이다. 작고 힘없는 토끼가 위험에 빠진 시민들을 지키는 용감한 경찰이 될 수 있을까? 사람들은 작은 토끼는 힘이 없다는 선입견을 품고 있다. 겉모습만 보면 누가 누굴 지켜준단 말인가.

〈주토피아〉에서 본 경찰 주디도 토끼라는 선입견 때문에 경찰업무에 힘든 일이 많았다. 하지만, 주디는 선입견을 극복하고 힘이 센 경찰도 해결하지 못한 어려운 사건을 용감하고 영리하게 해결했다.

나는 〈주토피아〉 주디처럼 토끼띠이며, 용감한 경찰이 꿈이다.
경찰로 꿈을 정한 순간 나는 꿈에 조금씩 다가가고 있다. 매년 2회 수학 경시대회에 나가 상을 받고, 영어와 독서도 열심히 하고 있다. 체력을 단련하기 위해 달리기와 윗몸일으키기도 꾸준히 하고 있다.

주디는 "Anyone can be anything" 누구나 무엇이든 될 수 있다! 이와 비슷한 교훈으로는 라따뚜이의 '누구나 요리 할 수 있다'라는 레미와 같다.

그 누가 생쥐인 레미가 천재 요리사라고 생각이나 했겠는가?

하지만, 영화 속 레미에게 끊임없이 용기를 주는 요리사 구스토의 말 한마디는 "누구나 요리할 수 있다."

아무도 작은 생쥐가 요리할 거라고 생각 못 했고, 천상의 맛을 내는 음식을 만들 거라고 상상조차 하지 못했다.

영화에 음식비평가 안톤이고는 음식에 대해 악평을 늘어놓기로 유명하지만 레미에 대해 이런 평가를 남긴다.

"내가 아는 그 요리사는 누구보다 더 낮아질 수 없는 미천한 존재지만, 최고의 요리사다."

쥬토피아의 주디처럼,

라따뚜이의 레미처럼,

경찰이 꿈인 나처럼,

누구든 어디서든 어떻게든 우리는 꿈을 꾸고 이룰 수 있다.

영감을 준 책 : 이어령의 생각 깨우기

나는 꿈을 이루고 살아가는 미래의 어느 날 YTN 기자와의 인터뷰에서 나에게 영감을 준 책을 소개하는 모습을 상상해 보았다.

YTN, 이달의 인물 인터뷰입니다
오늘의 YTN 이달의 인물은 분당경찰서 강력반 조민재 경찰과 인터뷰를 진행하였습니다. 조민재 경찰은 따뜻한 인성과 시민을 위해 헌신하는 용감한 경찰로 화제가 되고 있습니다.
YTN 시청자 게시판에 조민재 경찰과의 인터뷰를 진행해 달라는 요청이 많았는데요. 과연 조민재 경찰의 매력은 어떤 것인지 이번 인터뷰로 직접 확인해 보시기 바랍니다.

• YTN : 안녕하세요. 조민재 경찰은 작은 체구에 부드럽고 착한(?) 인상이신데 어디서 그런 용기와 지혜가 나오는지 궁금합니다.

• 조민재 : 하하하 안녕하세요~ 분당경찰서 강력 1반 조민재 경찰입니다. 네 저는 주토피아의 주디처럼 작고 연약해 보이지만, 시민을 위한 정의로움과 용맹함은 여타 경찰들과 견주어 뒤지지 않았습니다.

• YTN : 조민재 경찰은 책을 많이 읽는 거로 유명한데요. 지금의 멋진 경찰이 되기 위해 영감을 준 책이 있다면 시청자분들에게 소개 부탁드리겠습니다.

• 조민재 : 네 저는 어렸을 때부터 좋은 책과 선생님이 항상 곁에 계셨습니다.
제가 초등학교 때 읽은 이어령 선생님의 〈생각 깨우기〉 책이 있는
데요, 저에게 생각을 깨우고 실천으로 옮기는 데 정말 많은 도움을
준 책입니다. 〈생각 깨우기〉 책을 읽고 대화를 통해 생각하는 훈련
을 꾸준히 하였습니다.

대화를 자주 하면서 책을 가까이하니 시민들의 눈높이에서 민원을
해결하고 시민들의 안전을 먼저 챙길 수 있었습니다. 머릿속에 아
무리 근사한 생각이 있더라도 그것을 나타내 보이지 않으면 아무런
의미가 없다는 이어령 선생님의 말씀에 깊이 공감합니다. 저도 생
각과 행동을 같이함으로써 분당시민의 안전에 기여하고 있다고 생
각합니다.

위험이 발생할 것을 예측하고 생각으로만 그치지 않고 선제적으로
조처함으로써, 시민들이 안전을 지킬 수 있었습니다. 저는 많은 어
린이 친구들에게 제안하고 싶은 것은, 일상에서 "왜?"라는 질문을
자주 하고 호기심을 가지셨으면 좋겠습니다. 그 호기심에 물도 주
고 거름도 주면서 가꾸어 가세요. 그러면 자신이 꿈꾸고 있는 모습
에 한발 한발 다가갈 수 있을 겁니다.

• YTN : 네 정말 오늘 뜻깊고 알찬 인터뷰 감사합니다. 이것으로 이달의 인
물로 선정된 분당경찰서 강력반 조민재 님의 인터뷰를 마칩니다.

이런 상상들은 나에게는 꿈을 더 크게 키워주기도 하고, 또 다른 꿈을 꾸게도
한다.

여행을 다녀오면 성장한다는 생각이 든다

마카오, 싸이판, 푸껫, 발리, 미국, (샌프란시스코, LA, 라스베가스, 그랜드캐니언)
싱가폴, 홍콩, 방콕, 괌, 일본(도쿄, 오키나와) 그리고 베트남
이제까지 여행한 나라들이다. 마카오를 시작으로 세계 11개국을 코로나19 전까지 여행했다. 꽤 많은 나라를 여행했는데, 기억에서 사라지기 전에 무엇인가 남기고 싶다. 지금도 자꾸만 지워지고 있는 여행 이야기를 얼른 쓰고 싶다. 아직 부족하지만 여행기(박지원의 열하일기, 마르코 폴로의 동방견문록을 썼다고 오룡 선생님께서 역사 시간에 말씀하셨다.)를 잘 쓰고 싶은 욕심도 생겼다.

일단 써보는 것이 먼저다. 〈민재의 여행기〉가 출발한다. 여행은 모두 자유여행으로 여행 전, 부모님과 여행지 정보와 관광지를 미리 알아보고 여행을 갔다. 여러 나라 중에 가장 인상 깊은 곳은 미국이고 특히 라이스 베가스와 그랜드캐니언이다.
먼저 라스베가스에 대해 글을 적어보고 싶다.
라스베가스는 연말에 크리스마스를 끼고 유치원 때 한번, 초등 2학년 겨울방학 때 한번 이렇게 두 번 다녀왔다. 화려한 도시 멋지고 신기한 주제들의 호텔들 그리고 넘쳐나는 사람들, 이것이 라스베가스다. 우리 가족은 베네치안 호텔에서 일주일 묵었는데 바로 앞에 미라지호텔이 있어서 밤이면 창문으로 호텔 앞 무대에서 화산 쇼를 볼 수가 있었다.
무료 공연도 많고 호텔에서 하는 공연도 많았는데, 그중에서 최근에 BTS가 콘

서트를 한 MGM호텔에서 '카쇼'를 봤는데 웅장함과 서커스처럼 화려한 공연에 넋이 나갈 정도로 멋있었다. '카쇼'는 불 쇼라는 뜻으로 일본어로 KA가 불을 의미하기 때문에 동양미와 불의 조화가 어우러진 공연이었다.

직접 겪은 여행 팁 하나 공개하겠다. 라스베가스는 하나의 큰 차로를 중앙으로 길게 뻗어있는데 이 중앙차로를 중심으로 좌/우로 호텔들이 줄지어 있다. 그런데 일 년에 단 한 번 연말 그러니까 그 해의 마지막 날 저녁에 그 중앙차로를 경찰들이 막고 관광객들이 그 큰 중앙차로를 걸어 볼 기회를 준다.
나는 가족들과 우리가 묵고 있는 베네치안 호텔 앞에서 저 끝 호텔들까지 걸으며 연말의 분위기를 만끽했다.
그리고 자정쯤 대망의 불꽃축제가 시작된다. 트레저 아일랜드 호텔 옥상에서 수십 분간 불꽃을 쏘아 올려 다가오는 해를 축복한다.

그랜드캐니언 미국 애리조나주 북서부 협곡이다. 라스베가스에서 차로 4~5시간 달려 도착한 그랜드캐니언. 그 웅장함은 그 어떤 언어로 표현 불가다. 아름답지만 두렵고, 평온하지만 화려하다.

여행은 나에게 무엇일까?
새로운 세상을 두 눈에 담을 수 있는 기회와 내가 아닌 타인의 문화를 배울 수 있다.
먼 훗날에 멋진 여행기를 남길 수 있도록 자료도 꼬박 챙기는 습관은 덤으로….

이준민(성서초 6)

아이의 눈망울은, 선한 평화를, 웃음을, 나눠주는 행복을, 품고 있다. 여전히 청아한 목소리는 낭랑하여, 김홍도의 〈마상청앵도〉를 상기시킨다. 색(色)과 빛이 존재하는 시간을 끌어안고 시간 속을 걸어간다. 성장은 동행(同行)이며 의지이듯, 오랫동안 머무르는 밤하늘의 별처럼 반짝이는 준민!!

그땐 그랬지

그땐 그랬지.. 마음 놓고 대화하던 그때

그땐 그랬지.. 마스크 벗고 놀던

그때

걱정 없이 신나게 놀던

그때

그때가 보고 싶어

겨울 봄 초콜릿

학원 끝나고 사서 먹었던 초콜릿

차가웠던 초콜릿

달콤했던 초콜릿

안 풀리는 수학 문제가

안 외워지는 영어단어가 사르르

입안에서 초콜릿이 녹을 때

힘들었던 내 마음도 사르르 녹네

입김 내며 먹던 차가운 초콜릿

그립구나. 그 맛이

꿈

꿈이란 무엇일까?

가난한 사람 풍족한 사람 모두 가진, 그것

나쁜 사람 착한 사람 모두 가진

그것

아, 꿈이란 나에게는 희망의 등불과 같다

우리 엄마는

우리 엄마는 참 신기한 게 많다.

13년 동안 두 말썽꾸러기를 몸에 지장 없이 키웠기 때문이다.

그런데 또 다른 이상한 것은 엄마가 모든 집안일을 하면서 나와 내 동생을 키웠다는 것이다.

엄마는 아빠와 친하지만, 평소에는 의견 차이가 크게 나서 둘 간에 스트레스를 받는다.

그런 스트레스를 받으면서 어떻게 두 말썽꾸러기를 키웠는가?

나는 그 이유를 알아보려고 애를 썼다.

엄마가 잘 때, 집안일을 할 때, 외출할 때. 엄마가 다닌 곳은 모조리 둘러봤고 집안을 훑으며 거의 모든 방을 다 들어갔다 나왔다.

안방, 화장실, 옷방, 내 방, 동생의 방, 거실. 모든 방, 모든 곳을 다 둘러봤는데 어떻게 엄마에 대한 증거가 남아있지 않단 말인가?

처음에는 좀 이상했다. 하지만 점점 왜 그랬는지 이해가 갔다.

엄마가 자신의 흔적을 닦아내 버린 것이었다. 순간 좌절과 함께 기쁨이 찾아왔다.

엄마가 요리할 땐 재료를 꺼내두는 데 그 흔적만은 치우지 않았기 때문이다. 우리에게 맛있는 냄새를 풍기기 위해서 말이다.

하지만 흔적은 역시 찾을 수 없었다. 결국 궁금증에 의해 나도 모르게 엄마에게 물어버렸다. "엄마는 어떻게 저희 둘을 스트레스받지 않으면서 키우셨어요?"

그 질문에 돌아오는 답은 "엄마도 스트레스는 많이 받아. 하지만 너희 둘이 있어서 이 스트레스를 해소했던 거야."

순간 나는 놀랐다. 거의 신적인 존재였던 엄마가 두 말썽꾸러기 덕분에 두 말썽꾸러기를 잘 돌본 거라니.

이 일로 궁금증은 해소됐다. 하지만 마음 한쪽이 찜찜했다. 왠지 모르게 무의식적으로 옆을 돌아보게 됐다. 동생이 있었다. "오빠 뭐해?" 이 질문으로 그날 하루는 끝이 났다. 동생에게 그 일을 설명했더니 동생이 엄마한테 내가 했던 일을 모두 일러바쳐 나와 우리 가족은 모두 한바탕 웃으면서 잠이 들었다.

묵주반지

어떤 애들은 커플 반지래

어떤 애들은 결혼 반지래

어떤 애들은 우정 반지래

어떤 애들은 비싼 반지래

반지 주인이 이건 묵주반지래

은으로 된 참 맑고 예쁜 묵주반지

유경빈(수성중 1)

바람이 분다. 비가 내렸다. 그리고…. 걸었다. 아주 천천히. 〈그린 파파야 향기〉의 오래된 순수함을 몽글몽글 만들어 주는 소년. 푸름이 눈부신 이유는 소년이 존재하기 때문이다. 오월의 맑음과 유월의 푸름이 비켜 난 오후였다. 노틸러스호를 타고 먼 바다로 나가야 할 것 같은 한가로운 여름이 짙어간다.

동물원 폐지에 관한 생각

최근 사회에서 동물의 생명 존중에 관한 관심이 높아지며 동물원의 폐지에 대한 말들이 한층 더 많아진 것 같습니다. 여러분들은 어떤 의견에 찬성하고 계시는지 궁금합니다.

동물원 폐지의 찬성! 반대! 평소에 곰곰이 생각해 본 게 아니라면 쉽게 말을 하기 어려울 것 같습니다. 제가 주장하는 글이 여러분들의 개인적인 생각을 더 탄탄하게 받침 해줄 수 있는 자료들이 될 수 있으면 좋겠습니다.

◎ 동물원 폐지의 찬성

동물원 폐지의 근거들은 대부분 동물이 존중을 못 받고 좁은 공간에 갇혀 사람들의 구경거리로 변한다는 것입니다.

그럼 이제 동물원 폐지의 찬성 근거를 알아보도록 하겠습니다.

1. 동물원이 동물들을 해치는 장소(?)

원래라면 야생에서 사냥하며 놀아야 하지만 어느 순간에 잡혀 영문도 모른 채 어떤 공간에 갇혀 사는 것입니다.

동물원은 어린아이들이 대부분 오기 때문에 아이들의 재미를 위해 동물들에게 묘기와 재주를 시킵니다. 그리고 강제로 묘기와 재주를 부린 동물들은 쉬지 못하고 좁은 공간에 갇혀 사람들의 시선을 받으며 스트레스를 받습니다.

2. 동물원의 안전 시절 부족으로 인한 동물들의 탈출

2018년 9월 18일 대전광역시의 동물원에서 고양잇과 맹수인 퓨마가 탈출해 사살된 사건.

2017년 3월 전주 동물원에서는 뱅골 호랑이가 어린 나이가 폐사를 한 사건.

2009년 8월 경기도 포천시 소흘읍 국립수목원 내 산림 동물원에서는 늑대인 아리가 인근 숲으로 탈출한 사건.

이런 비극적인 일이 일어나지 않으려면 동물원을 폐지하는 그것만이 유일한 답입니다

3. 동물원은 교육적이지 않음

많은 사람이 아이들을 동물원에 데려가 동물들을 관찰하게 하여, 동물들의 관련된 지식을 얻게 해서 동물들을 보호하자는 생각을 심어주기 위한 목적이라고 합니다. 하지만 동물 만지기, 먹이 주기 체험 등은 과연 교육적일까요? 저는 그렇게 생각하지 않습니다. 오히려 아직 뇌가 덜 발달한 아이들은 동물들을 자신 맘대로 해도 된다는 고정관념이 형성될 수 있습니다.

4. 동물들의 야만성

만약 사람이 평생 어떤 곳에 갇혀서 모르는 생물에게 시선을 받는다면 어떨까요? 극심한 스트레스를 받겠죠. 동물도 그렇습니다. 마찬가지로 같은 생명을 인간이 아니라는 이유로 사람들의 재미와 교육으로 쓰여서는 안 됩니다.

5. 생태계 파괴의 면죄부

많은 사람이 동물원을 동물을 보호하는 공간이라고 말합니다. 왜냐하면 인간들이 동물들에 서식지를 파괴했기 때문에 그에 따른 대가로 동물원을 운영한

다는 것입니다.

하지만 이는 억지로 동물원의 운영을 통해 면죄부를 받으려고 하는 행위는 잘 못된 것입니다. 지금 인류가 해야 할 것은 동물을 보호하자는 것이 아닌 동물들의 서식지 파괴를 멈추고 동물들을 존중해주어야 하는 것입니다

◎ 동물원 폐지의 반대

동물원 폐지 반대의 근거들은 '대부분 동물을 보호할 수 있는 곳은 동물원입니다'라고 말합니다. 그럼 이제 동물원 폐지의 반대 근거를 알아보도록 하겠습니다.

1. 끊임없이 계속 발전하는 동물원

한때 동물원은 쇠 그물로 돼 있었던 적이 있습니다. 그만큼 관리자들이 무관심하게 내버려 뒀다는 의미입니다. 하지만 동물원은 계속 발전해 동물들이 편하게 살 수 있도록 최신형의 시설로 만들어졌습니다.

2. 교육적 장소

동물원은 어린아이들의 호기심과 상상력, 창의력 등을 키울 수 있는 좋은 교육적 공간입니다. 말로 백 번 듣는 것보다 직접 해 보는 게 더 좋습니다. 생명은 소중하다는 말을 몇 번 듣는 것보다 동물원에서 동물들을 직접 보고 느끼면 훨씬 효과가 있을 것입니다.

3. 멸종위기 동물을 보호해 주는 공간

현재 동물원은 멸종위기인 동물들의 보호를 위해 큰 노력을 하고 있습니다. 그러므로 생태계 파괴가 심하게 일어나는 현대 사회에서는 동물들의 보호가 필수적입니다.

4. 폐지 직후의 동물들의 생명에 대한 심각한 문제

일부의 몰지각한 사람들의 동물 사냥으로부터 동물을 보호하기 위해 동물원은 필요합니다. 다수의 동물이 멸종될 것입니다. 이 순간에도 인간의 욕망 때문에 많은 동물이 사라지 있습니다. 이런 상황에서 동물원이 폐지로 바뀌면 동물들은 어떻게 살아남을 수 있을까요? 그러므로 동물원 폐지라는 것은 동물들을 전부 다 죽인다는 의미입니다.

5. 인간과 동물의 아주 약간의 교감

인간은 야생동물을 볼 일이 전혀 없습니다. 하지만 동물원은 그 일을 만들어 주죠.
동물원은 사람들이 새로운 동물을 보며 인간과 동물 교감의 경험을 만들어 주는 것입니다. 인간의 자연 생태계와 함께, 더불어 살아가는 첫 출발이라고 생각합니다.

이상으로 동물원 폐지의 찬반에 관한 의견이었습니다.
주장하는 글을 보고 계신 여러분은 어떤 생각에 동의하시나요.

끝까지 함께해 주셔서 감사합니다.

이유빈(삼일중 1)

이른 새벽 아침 안개에서 이슬 냄새가 난다. 푸름과 투명함을 간직한 찰나의 영원성을 표현하는 소녀가 말했다. "백두산 천지에서 피어오르는 안개를 잡고 싶어요." "바람과 햇살과 비와 눈의 시간이 모여져 만들어질 그곳의 안개를 한 움큼 잡아 오고 싶어요." 유빈이라면 충분히 가능하다.

언제, 통일이 '우리의 소원'이었나

여러분들은 모두 남북통일에 대해 한 번쯤은 교육을 받은 적이 있을 겁니다. 그런 데도 많은 사람은 통일의 중요성을 잘 모릅니다. 저 또한 통일교육을 받고 있지만, 통일의 중요성을 몰랐습니다. 저의 주변인 중에도 같은 의견이 있었습니다. 통일교육을 같이 받는 친구에게 통일이 필요한 이유가 무엇이냐고 물어보자 답을 못하더군요.

이것은 우리가 받는 통일교육이 비효과적이라는 것을 뜻합니다. 저는 통일에 대해 왜 사람들이 이렇게나 집착하는가에 대한 의문이 생겨서 통일을 조사하게 되었습니다.
저는 지금의 통일교육으로는 통일의 중요성을 충분히 알 수 없다는 것을 알게 되었습니다. 또한 이 조사로 통일을 반대하던 저의 의견이 흔들리게 되었고, 통일에 대해서 많은 사람이 생각하고 고민했으면 좋겠다고 생각했습니다.

이제부터 통일에 대해 말씀드리겠습니다. 통일을 반대하는 의견은 많습니다. 그중에서 대표적인 의견 중 가장 많은 주장은 3가지입니다.
첫 번째로는 경제가 어려워질 수 있다는 것입니다. 그 예시로는 중부 유럽에 자리 잡은 독일이라는 나라가 있습니다. 독일은 세계 2차대전 이후 동독과 서독으로 나뉘었습니다.
독일은 통일 후 빈부격차로 고생을 했습니다. 자료에 의하면 통일독일은 1991년부터 2005년까지 15년간 총 1조 4,000억 유로(약 1,750조 원)의 통일비용을 지출하고 매년 연방 예산의 25~30%, 국내총생산(GDP)의 4~5%를 통일비용으로 지출했습니다.

두 번째는 같은 민족이지만 오랫동안 다른 국가로 운영되었다는 것입니다. 세계에서는 같은 민족이었지만 다른 나라인 곳이 많습니다. 네덜란드와 벨기에의 경우가 그렇습니다. 물론 우리나라는 분단된 지 1백 년이 되지 않았으나 체제의 문제가 자꾸만 심해지는 것 같아서 걱정입니다.

마지막 의견은 사회적 갈등이 커진다는 것입니다. 특히 경제 체제의 문제가 있습니다. 자본주의와 사회주의 경제 구조의 문제로 인한 부분은 다양한 의견의 표출이 예상됩니다.

또한 현대 역사를 어떻게 바로잡을지입니다. 북한의 현대사 문제에 대해 잘못된 부분을 바로잡는 것도 중요합니다. 역사적인 부분은 민감하고 예민하기에 걱정이 됩니다. 잘못된 역사로 혼란이 생길 수 있기 때문입니다.

지금까지는 통일에 대한 부정적인 의견이었습니다.

이제 통일을 찬성하거나 지지하는 의견을 말씀드리겠습니다.

그중에는 북한의 노동력이 저렴하고, 개발되지 않은 땅이 많고, 전쟁의 가능성이 작아지고, 인구 저출산 문제가 해결되고, 수출 방법이 다양해지고, 관광객이 더 늘어납니다.

북한의 노동력이 싸면 기업을 운영하는 데 활용하기에 좋을 것입니다. 북한지역에 더 많은 일자리를 유치하여 경제적인 가치를 증대할 수 있습니다. 외국으로 유출되는 자본과 언어의 불통으로 인해 발생하는 문제인 외국인 노동자 관련 내용들이 해결될 것입니다.

여러분들도 알다시피 우리나라는 기술이 매우 뛰어납니다. 문제는 지하자원이 거의 없다는 것이죠. 대한민국의 기술과 자본, 북한의 지하자원이 결함이 된다면 얼마나 좋겠습니까.

한겨레 뉴스에 따르면 북한에 매장된 주요 광물자원의 잠재가치를 3조9천억 달러(약 4,170조 원) 가량으로 추정된다고 합니다. 남한에 남아있는 지하광물자원의 약 15배에 이르는 규모입니다.

이렇게 되면 일본과 중국은 더 이상 우리를 압박하지 못할 것입니다. 우리나라는 지금 휴전 상태입니다. 그러다 보니 우리는 언제든지 전쟁의 위험에 처해 있습니다. 대한민국 정책브리핑에 따르면 우리나라에는 2022년 국방예산은 54조6,112억 원입니다.

전쟁의 위험이 사라진다면 우리는 국방비를 줄여 다른 곳에 투자할 수 있을 것입니다. 또한 남자가 군대에 의무로 가게 되는 일도 사라질 것입니다. 우리나라는 지금 저출산 문제를 겪고 있습니다. 북한의 출산율은 우리보다 높습니다. 그럼으로써 남한과 북한이 통일된다면 저출산으로 인한 노동력부족 문제는 없어질 것입니다.

우리나라는 수출 하려면 해상 또는 항공을 이용해야 합니다. 우리가 통일하면 육로 운송이 가능하게 됩니다. 육로 운송은 다른 운송 수단보다 더 쌉니다. 육로 운송이 가능하다는 것은 여행하는 방법이 더 많다는 것이기도 합니다. 그러므로 우리나라에 관광객들이 더 많아질 것입니다.

여기까지가 통일을 찬성하는 주장입니다.

어떤가요? 여러분들의 의견은 바뀌었나요. 아니면 그대로인가요? 이것을 읽고 우리나라의 통일문제에 대해 다시 한번 심각하게 고민해 주셨으면 좋겠습니다.

또한 통일문제 교육에서 감정적으로 들어오는 것이 아닌 현실적인 것을 알려주었으면 좋겠습니다. 그리고 무조건 통일해야 한다고 가르치는 것이 아니라

장단점을 알려주고 학생들에게 스스로 생각하게 해주었으면 좋겠습니다.
정당한 이유도 모른 채 무엇을 해야 한다고 강요받으면 오히려 통일에 대한
부정적인 생각을 할 수 있으니까요.
'우리의 소원은 통일'
아직 유효한 노래입니다.

전도준(수일중 1)

책을 읽는 아이의 표정과 느낌은 언제나 진심이다. 외유내강, 소년의 한결같음은 책을 쌓아가며 어느새 이만큼 성장했다. 삶의 내부를 넓혀 공감의 언어를 표시해 낸 도준. 책을 통해 현자(賢者)를 관찰하는 노동을 즐길줄 아는 멋진 모습, 오늘보다 빛나는 내일이 기대되는 이유다.

엄마와 아들의 차이

나는 게임을 하고 싶은데 엄마는 그 시간에 공부하라고 한다. 공부는 지루하기 짝이 없다. 하지만 반대로 게임은 너무 재미있어서 짝이 없다. 쉬고 싶은데 계속 공부하라고 한다. 하지만 그 시간에 공부해도 실력은 늘지 않는다. 공부할 때 글씨는 또박또박은 기본이다.

숙제를 다 한 것도 "글씨가 예쁘지 않구나, 영어단어는 외웠는데 왜 기억이 안나지, 수학 문제는 왜 이렇게 많이 틀리냐?"라고 잔소리를 한다.

TV는 보지도 못한다. 게임을 할 때 조용히 좀 하라고 한다. 반대로 엄마는 게임의 재미를 모른다. 게임은 재미있고 스트레스가 해소된다. 엄마는 TV를 보면서 나는 못 보게 한다. 그리고 핸드폰도 시간을 제한한다.

엄마 아빠도 게임은 했었다고 한다. 아빠는 어릴 적에 게임 몇 번 했다고 할아버지에게 엄청나게 혼났다고 한다. 심지어 회초리에 맞아 종아리가 퉁퉁 부었다고 한다.

하지만 엄마들은 우리를 챙겨주고 걱정해준다. 나를 위로해주는 사람도 엄마밖에 없다. 엄마들은 비싼 가방을 원한다. 하지만 나는 장난감 말랑이를 갖고 싶을 뿐이다.

그렇다고 엄마와 공통점이 없는 것은 아니다. 공통점이 적을 뿐이다. 그렇지만 우리 가족의 사랑이 있기에 내가 살아가고 있다. 가족은 그런 것이다.

부모님께 잘 해드려야 한다. 가족은 계속해서 나랑 살아갈 것이다

용왕처럼 살지 말자는 것이 <토끼전>의 교훈

토끼전은 다른 말로 별주부전, 자라전 등으로 불린다. 제목을 정하는 것은 작가의 마음에 달려 있다고 한다.

용왕은 늙어 가는 것을 알게 된다. 몹쓸 병까지 걸렸다. 한 신하가 용왕한테 토끼의 간이 몸에 좋다고 말한다. 용왕은 토기를 데려올 수 있는 자라한테 특명을 내렸다. "당장 토기를 잡아 와라."

토끼를 본 적 없어서, 대충 예측해서 그려놓은 토끼 그림을 들고 자라는 토끼를 찾아간다. 육지에 올라 온 자라는 겨우겨우 물어서야 찾을 수 있었다. 그런데 토끼가 자라를 엄청나게 의심했다. 자라는 의심 많은 토끼에게 많은 선물로 유혹하여 용궁으로 데리고 간다. 용궁에 도착해서야 토끼는 자기가 무슨 목적으로 왔는지 알게 된다.

그렇게 죽음을 앞두고 파티를 즐긴다. 죽기 전의 토끼는 머리 회전을 빠르게 했다. 토끼의 간이 좋기는 하지만 실수로 간을 육지에 두고 왔다고 잠시 다녀오겠다고 한다. 그렇게 토끼는 파티만 즐기고 도망간다. 용왕은 속은 것을 알고 자라한테 또다시 토끼를 잡아 오라고 한다.

부담감 백 배 커진 자라. 이쯤 대면 용왕이 너무 바보같다는 생각이 든다. 저런 지도자 밑에서 일하기에 힘들겠구나.

글의 결론도 나누어진다. 하나는 자라가 토끼랑 결혼하는 것이다. 또 하나는 자라가 용왕한테 편지를 남기고 돌에 머리를 박아서 죽는 것이다.

'역지사지'하지 못한 용왕, 자기의 욕심만을 채우려는 지배자의 모습이다. <토끼전>은 조선시대 양반들을 비판하는 글이다. 용왕은 무능하고 이기적이고 탐욕스러운 양반이라고 볼 수 있다.

자신만을 위하는 지배자, 백성을 이용하려고 하는 지배층에 당당하게 맞서는 토끼의 모습이라면 나름, 멋지지 않은가? 그래도 용왕처럼은 살지 말자.

20대의 도준이에게 쓰는 글

무엇을 하고 있든 너의 직업에 만족하고 있을 거야. 너는 과거를 돌아봤을 때 충분히 열심히 했다고 할 거야. 그리고 '잘했다' 생각하겠지. 열심히 달려왔잖아. 지금 책을 쓰고 있는 이유는 바로 미래에도 남아있는 글을 보기 위해서야. 도준이는 큰 성과와 목표에 도달하기 위해 열심히 노력해서 요리사가 되어 있을 거야. 만약 아니더라도 다른 직업에서 열심히 일하고 재미있게 사는 어른이 될 거라고 확신해.

너는 자기 자신을 긍정적으로 평가하는 아이야. 미래에도 최대한 긍정적으로 살아갈 거야. 비록 힘든 일이 있더라도 가족들이 있잖아. 누가 뭐라고 한 것에 대해 짜증을 내지 말고, 뒷받침으로 삼아.

게임 단계 깨듯이 올라가서 마지막에는 너의 자유를 누릴 수 있는 희망의 문이 열릴 거야. 원하는 대학교에 들어가서 엄마, 아빠한테 효도해라. 그래야 가족도 너에게 도움을 줄 거야. 왜냐하면 give and take이잖아. 그러면 부모님이 너를 도와줄 거야.

그때는 코로나가 없으니까 해외여행 가자. 부모님이랑 함께해도 좋을 거야.

또한 그동안 원하고 원했던 버킷리스트를 채워보렴.

너무 할 일이 많은 거 아니니. 그래도 열심히 하다 보면 다 이루어질 거야.

응원할게. 도준아.

노든과 함께 한 모든 밤이 길었다

노든, 어린 펭귄을 구해주고 약속을 지킨 모습이 멋있었어. 버려져 있는 펭귄을 끝까지 도와준 것은 감동이었어. 아이를 입양하는 것과 같기 때문이야.

노든, 너도 가족을 잃었기 때문에 어린 펭귄을 그냥 지나치는 것이 힘들었을 거야. 너는 가족이 죽었을 때, 친구가 병원으로 이송됐을 때, 구하지 못한 자신을 탓했지. 그 모든 상황이 너의 잘못이 아닌데도.

인간들의 잘못이야. 노든, 너무 자기한테만 미련을 갖지 마. 자신에게 너무 힘들어하지 마. 지금 너는 오직 어린 펭귄만을 생각하고 있잖아. 약속을 지키려고 노력하고 있는 너의 모습이 정말 멋있다.

그 약속을 지키기는 아주 어려웠을 텐데 말이야. 약속이라는 것은 자기가 할 수 있는 것을 다짐하는 건데. 너를 위해서가 아니라 어린 펭귄을 위해서 약속을 지켜준 거니까, 고마워.

오늘도 밤이 올 거야. 하지만 걱정은 없어.

다만 내가 조금 걱정이야.

〈긴긴밤〉의 노든을 잊지 못하는 오늘 밤은 여전히 길 것이다.

약속을 잘 지키는 노든처럼 살고 싶다

코끼리들과 함께 어울려서 지낸 코뿔소. 노든은 코끼리 우리에서 많은 것을 배우고 다른 곳으로 나가게 된다. 집을 나가서 가족이 생기고 아빠 코뿔소가 되었다. 하지만 얼마 가지 않아 가족을 잃게 되었다.

딸은 차에 박아 죽고 엄마는 총에 맞아 죽었기 때문이다. 노든은 다리에 총을 맞아서 움직이기가 힘들었다. 그리고 인간들에게 발견되어서 병원으로 옮기게 된다. 그곳에서는 앙가부 라는 친구를 만난다.

앙가부는 바람보다 빨리 달릴 거라고 한다. 그래서 이곳에서 나가기로 한다. 탈출 날을 정하고 탈출하려는데 노든이 총 맞은 다리가 아프면서 쓰러지고 병원으로 이송된다.

앙가부는 코뿔소 뿔을 노리는 사람들이 와서 뿔을 잘라서 갔다. 갑자기 전쟁이 나서 노든은 탈출하게 되고 버려진 알을 찾게 된다. 그 알은 펭귄 우리에 있었다. 알에서는 펭귄이 부화하게 된다. 펭귄이 태우고 조금씩 걸었다. 그렇게 그들은 바다에 가는 것에 성공한다.

노든은 남 탓을 하지 않고 자기 탓을 했다. 나는 그 점에서 많은 반성을 하게 되었고 끝까지 약속을 지킨 노든이 멋있었다. 노든처럼 약속을 잘 지키는 사람이 되려 한다.

내일 친구와 화성 장안문 앞에서 만나기로 약속했다. 노든을 생각하며 조금 일찍 나가련다.

노자의 부드러움

중국 철학자 중에 '노자'라는 사람이 있다. 노자는 부드러움을 추구하였다. 부드러움을 가지려면 어떤 점이 좋을까?

첫째 친구들을 많이 사귈 수 있다. 왜냐하면 공감해주는 능력이 좋기 때문이다. 친구들에게 멘토 같은 역할을 해줄 수 있다. 마음이 부드러우면 내 일이 아니어도 이해하는 마음이 생기게 될 것이다.

두 번째 리더가 될 수 있다. 왜냐하면 부족한 친구를 도와주고 공감해주면서 상대방의 마음을 이해하는 데 도움을 받을 수 있다. 서로를 이해해 주는 대인관계를 맺는다면, 마음을 얻는 데 도움이 되지 않을까?

세 번째 부정적인 생각을 긍정적인 마음으로 바꾸어 볼 수 있다. 부정을 긍정으로 바꾸면 보이지 않던 것들도 보일 수 있을 것이다.

'부드러움은 강함을 이긴다'라는 말처럼, 나부터 따듯한 마음을 가져야겠다.

바다

바다에는 파도가 있다

파도는 계속해서 나한테 온다

부딪치고 넘어져도 계속해서 따라 온다

파도는 나를 만나기 위해 계속해서

어쩌면 파도는 누군가의 도움이 필요한 것일까?

하지만 손을 내밀어도 잡지 못한다

파도는 이미 푸른빛이 아닌 검은색의 파도가 돼 있을 것이다

소나무

태어날 때부터 계속 가지고 있는 이파리를 가지고 있다

이파리가 없는 소나무가 있을까?

영원히 푸른빛은 없다

우리는 소나무같이 살아야 한다

푸른빛은 없어도 영원히 가지고 있어야 한다

축구선수

공격수는 자기에게 공이 오기를 바란다

그러면서 호시탐탐 기회를 노린다. 공이 오면 그때부터 시작이다

앞으로 계속 달리며 다른 선수들과 공을 주고받는다

그러다 공은 골대 앞으로 가게 되고

공을 잡은 마지막 사람은 공을 차고

그 상황 어떤 사람은 지켜보고

또 다른 사람은 공을 막는다

이 공의 행방은 축구선수의 작은 소망이다

윤지민(흥덕중 2)

물드는 가을은 온통 붉다. 계절의 매력은 색보다 바람이 주는 질감이다. 온화하고 선한, 보석 같은 소녀다. 열다섯의 가장 아름다운 시절이다. 떠나는 것이 아니라 찾아옴을 향할 줄 안다는 것은 얼마나 큰 경이(驚異)인가. 자주, 깊이, 환하게 미소 짓게 만든다. 오늘이 행복한 이유는 지민, 덕분이다.

자기합리화와 정신승리

아큐정전에 나오는 정신승리는 진짜 우리가 말하는 승리일까? 책의 아큐는 실패를 즉시 승리로 전환했다. 자기 뺨을 때리며 마치 자신이 남의 뺨을 때린 듯이 흡족해하며 말이다. 하지만 나는 이건 승리도 아니고 예의도 없는 모습이라고 생각한다.

물론 '나 혼자만이라도 이렇게 생각해서 행복하면 되지'라고 생각할 수도 있다. 그러나 책의 아큐처럼 졌지만 의기양양하게 자신이 이겼다고 생각하고 승자에게 축하도 건네지 않는 모습은 굉장히 무례한 행동이라고 생각한다.

어쩌면 아큐의 정신승리는 지독한 자기합리화는 아닐까? 아큐에서 초점을 조금 바꾸어 나에게 맞추어 보겠다. 내가 생각하는 정신승리는 무엇일까? 만약 내가 게임에서 졌더라도 기분 나빠하지 않고 승자에게 진심으로 축하를 건네는 것이 바로 진정한 정신승리라고 생각한다. 만약 져서 기분 나빠하면 게임으로도 지고 정신적으로도 지는 것이니 말이다.

보이지 않는 폭력

폭력이라는 불씨를 민주주의로 끄려는 사람들도 물론 있다. 하지만 안타깝게도 내가 읽은 우상의 눈물에서 사람들은 그렇지 않았다. 폭력을 폭력으로 제압하고 있었다. 합법적이고 질서를 지키는 것처럼 보이면 폭력이 아닐까? 난 그렇지 않다고 본다. 어쩌면 보이지 않는 곳에서 일어나는 보이지 않는 폭력이야말로 세상에서 가장 무서운 폭력이 될 수 있다.

동물농장에 나오는 벤자민을 비판한다

'동물농장에서 당신은 어떤 동물을 가장 비판하고 싶나요?' 동물농장을 읽어본 사람이라면 이 질문에 대해 잠깐 고민을 하게 될 것이다. 왜냐하면 동물농장에서 비판을 피할 동물은 없기 때문이다.

나는 벤자민을 가장 비판하고 싶다. 왜냐하면 벤자민은 사실 모든 것을 알고 있었다. 그는 동물 중에서 돼지들을 제외하고 제일 똑똑했고 심지어 글도 읽을 수 있었다.

하지만 그는 심지어 복서가 떠날 때도 권력의 아래에서 어쩔 줄을 모르는 동물들을 뒤에서 비웃었다. 또한 폐마 업자에게 복서가 팔려 간 것을 알면서도 그 당시에 즉시 다른 동물들에게 이야기하지 않았다. 만약 벤자민이 모든 것을 알렸더라면 무지식한 동물들의 앞에 섰다면 누가 돼지이고 누구 인간인지 정도는 구별할 수 있지 않았을까?

신기한 우리 집 고양이 '코타'

코타를 아시나요? 코타는 우리 집에서 키우는 7살 고양이입니다. 저는 코타의 장기를 알리기 위해 이 글을 쓰게 되었습니다. 먼저 코타의 첫 번째 장기는 간식의 원산지를 구분할 수 있는 능력입니다.

코타가 즐겨 먹는 간식이 있는데 우리가 겉으로 보았을 때는 태국산과 캐나다산을 잘 구분할 수 없습니다. 하지만 코타는 캐나다산은 아주 잘 먹지만 태국산을 먹지 않습니다. 정말 하나도 먹지 않습니다. 어떻게 먹어보지도 않고 구분하는지는 모르겠지만 정말 신기한 장기인 것은 확실합니다.

코타의 두 번째 장기는 대답하는 것입니다. 코타는 상황에 맞춰 기가 막히게 '야옹'을 합니다. 정말 사람의 말을 다 알아듣는 것 같아 너무 신기합니다.

지금까지 코타의 멋진 두 가지 장기를 읽어주셔서 감사합니다.

배고픈 난민의 고통

난민으로 태어난 어린이가 있다. 그는 배고픔을 항상 안고 살아간다. 그런데 그와 그의 가족에게는 아무런 잘못이 없다. 그들은 모두 스스로 그곳에 태어나지 않았다. 하지만 고통은 모두 그들의 몫이다.
인간은 연대할 수 있는 생명체이며 남의 힘듦을 공감할 수 있는 생명체이다. 그러므로 이제 우리가 나서서 그들을 치유할 때이다!

사계절에 대한 상(想)

봄은 새로운 시작으로 온다. 겨우내 얼어있던 나무들도 녹아 새로운 시작을 한다. 나 또한 새로운 학년을 시작한다. 이외에도 많은 생명체가 봄에 새로운 시작의 선 앞에 선다. 살랑이듯 기분 좋은 봄바람이 우리의 시작을 응원해 준다. 또 길가에 떨어진 벚꽃잎들이 우리의 시작을 동행해 준다. 이래서일까 봄에는 많은 이들이 힘을 내어 새로운 시작을 한다. 그리고 봄의 마지막은 힘찬 응원 소리이다.

여름은 기분 좋은 밤으로 온다. 여름이 되면 부쩍 밤에도 날씨가 온화하다. 그래서 옛날에는 친구들과 여름밤에 많이 놀았었다. 그때 온몸의 땀이 다 빠지도록 놀아도 꽤 온화했던 날씨 덕에 기분이 좋았던 기억이 있다. 이러한 기억 덕분에 여름의 밤을 내가 아직도 좋아하는 것 같다.

가을은 색으로 온다. 가을 언젠가 밖에 나와 보면 여름 동안 푸릇푸릇했던 나무들이 모두 형형색색 물들어 있는 모습을 볼 수 있다. 여름 내내 꾹 참아 왔던 여러 색을 가을이 되자 뿜어내듯이 말이다. 그런 잎들을 보면 저절로 기분이 좋아진다. 근데 시간이 지나 그 잎들이 모두 떨어져 바닥에 쌓인 모습을 보면 좋았던 가을이 떠나고 있다는 것을 느낀다.

겨울은 눈으로 온다. 알다시피 겨울은 뼈가 시리도록 춥다. 그래서 모두 두꺼운 옷을 입었기에 서로 잘 알아볼 수 없다. 또 모두 차가운 겨울처럼 차가워 보인다. 하지만 겨울에는 눈이 온다. 눈이 바닥이 안 보일 정도로 쌓이면 그 위로 지나간 사람들의 발자국이 모두 보인다. 춥지만 그런 발자국들을 보면 저절로 사람들의 온기를 느끼게 된다.

내 삶에서 2021년에 대한 기억

나에게 2021년은 두려웠지만 재밌었다. 친숙했던 초등학교의 친구들을 떠나 알지도 못하는 중학교 친구들을 본다는 것이 두려웠다. 그리고 3월 2일 너무나 두려웠던 첫 등교를 하게 된다.

상상했던 것과 같이 입을 한 번도 열지 못하고 하교했다. 하지만 시간이 지날수록 나에게 친구들은 말을 걸어 주기 시작했다. 그리고 이제 많은 친구와 친해져서 학교 가는 것이 즐거워졌다.

물론 코로나19만 없었어도 학교에 더 많이 가서 더 빨리 친해지긴 했겠지만 말이다. 또 2021년에 많은 일을 한 것 같다. 처음 수학 학원도 다녀보았고 책도 100권 이상 읽었다. 2021년이 다 지나가는 시점에 이 글을 쓰는데 2021년도 돌아보면 재밌게 또 잘 보낸 것 같다. 꼭 2022년도 2021년처럼 재미있게 보내면 좋겠다.

성공한 고양이

1989년, 시골에서 태어난 고양이 '코타'가 서울로 상경했다. 코타는 꼭 성공해서 돌아오겠다며 캐리어 하나를 들고 서울에 도착했다. 막상 서울에 도착하자 코타는 가슴이 막막해지며 다시 고향으로 돌아가고 싶다고 생각하게 되었다. 그래도 코타는 한번 도전해 보자고 생각해서 단칸방 하나를 얻어 사업을 구상하기 시작한다.

몇 날 며칠을 고민하던 코타는 좋은 생각이 났다. 바로 인간 세상의 브랜드인 삼성을 오마주하여 삼냥을 만드는 것이었다. 이 계획을 실행하기 위해 코타는 고향 친구들을 모두 자신의 서울 단칸방에 불렀다. 그리고선 코타는 "얘들아 알 사람은 알겠지만 내가 사업을 차릴 계획이야! 혹시 나랑 같이 사업에 도전할 사람 있니?"라고 친구들에게 물었다. 하지만 친구들의 대답은 하나같이 '난 안될 것 같아'였다. 이 일로 고향 친구들에게 크게 상심한 코타는 혼자 나아가 보아야겠다고 다짐한다.

일단 코타는 돈을 모아야 하겠다고 생각했다. 그래서 코타는 이 당시 최고의 대기업인 고양 반도체에 입사했다. 고양 반도체에 들어가 20년 동안 일을 하며 코타는 돈도 모으고 부장이라는 직위도 가졌다. 그러던 어느 날 고양 반도체가 파산하게 된다. 이 당시 주식 투자로 돈을 불린 코타는 고양 반도체를 헐값에 인수했다.

대중들은 코타가 돈 낭비를 하는 것이라며 비판했다. 그러나 코타의 생각은 달랐다. 고양 민국을 반도체 선진국으로 만들고 싶다는 생각이 코타의 머리에는 깊숙이 박혀 있었다. 그래서 코타는 정면 돌파를 하게 된 것이다.

코타의 정면 돌파는 큰 성공을 거뒀고 코타는 세계 시장에서도 이름이 잘 알려진 CEO가 되었다. 그리고 코타는 30년 만에 성공해서 고향에 돌아왔다. 하지만 코타의 성공을 반겨줄 부모님은 계시지 않았다. 30년 그 꽤 긴 세월 간명을 다 하신 것이다.

코타는 자신이 성공만을 좇다가 부모님의 마지막을 배웅하지 못했다는 생각에 굉장히 상심했다. 그러나 그는 곧 부모님께서 하늘 위에서 흐뭇해하실 거라고 마음을 다잡으며 다시 서울로 돌아가 삼냥의 부흥을 이끌었다.

어느 날인가 거울을 본 코타는 자신이 서울에 처음 온 30년 전의 모습과는 비교도 할 수 없을 만큼 달라졌다는 생각이 들었다. 오늘도 코타는 부끄럽지 않은 기업인 또 아들이 되기 위해 노력한다.

세상에 둘도 없는 친구

얼마 전 귀농한 김 씨에게 시골 마을에서 자신과 마음에 맞는 친구를 찾는 것은 너무나 어려웠다. 사실 김 씨 나이대의 사람은 그 마을에 거의 없었다. 그래서 김 씨는 오늘도 혼자 심지어 말동무도 없이 농사를 짓고 있었다. 그렇게 허리를 굽히고 일에 전념하던 김 씨의 귀에 어떤 사람의 목소리가 들려왔다. "어이! 자네가 김 씨인가?" 어떤 청년의 목소리였다. 김 씨는 너무나 깜짝 놀라 "네…에?"라고 답했다. 그리고 의문의 청년이 김 씨의 앞으로 다가왔다. 청년은 "김 씨 맞는구먼! 아! 나는 저쪽에서 복숭아 같은 과일을 키우는 이 씨요!"라고 말했다.

김 씨는 자신의 나이대의 사람을 만났다는 것에 너무 기분이 좋았다. 그래서 김 씨는 "네! 안녕하세요. 저는 이번에 귀농한 김 씨입니다. 이 마을에 제 나이 또래가 없는 것 같았는데 만나게 되어 너무 반갑습니다."라고 이야기했다. 이 씨는 허허 웃으며 "이 마을에 청년이 없긴 하지. 우리 친해져요!"라고 말했다. 이날을 기점으로 김 씨와 이 씨는 때로는 서로의 일을 도와주며 때로는 같이 밥을 먹으며 더욱더 친해져 갔다. 그리고 특히 이 씨가 김 씨를 마을 어르신들께 잘 소개해주어서 김 씨가 금세 마을에 적응할 수 있도록 도와주었다.

그런데 어느 날, 이 씨의 복숭아밭을 새와 멧돼지들이 엉망으로 만들어 놓았다. 이 씨는 크게 좌절하며 김 씨에게로 갔다. 이 씨의 말을 들은 김 씨는 처음 마을에 온 자신을 도와준 이 씨를 어떻게 도와줄 수 있을지 고민했다. 그러다 김 씨는 좋은 생각이 들었다. 그 생각은 바로 밤마다 이 씨의 밭에서 보초를 서주는 것이었다. 그리고 심적으로도 경제적으로도 힘든 이 씨에게 따뜻한 밥도 주고 항상 말도 걸어 주었다.

김 씨가 이 씨의 밭에서 보초를 선 지 5일 만에 이 씨는 그 사실을 알게 된다. 이 씨는 김 씨에게 미안해서 김 씨에게 자신의 또 다른 밭 중 하나인 사과밭의 사과를 몇 상자씩이나 주었다.

처음에 김 씨는 손사래를 치며 거절했지만 이내 이 씨의 마음을 알고 선물을 받았다. 그렇게 이 씨와 김 씨는 서로의 마음을 주고받으며 세상에 둘도 없는 친구가 되었다.

소중한 내 친구 소개하기

이 글에서 저는 제 소중한 친구 3명을 소개해 보겠습니다. 친구들의 이름을 이야기하는 것은 좀 그래서 초성으로 대체 했습니다.

첫 번째 친구의 이름은 ㅇㅇ이 입니다. 이 친구랑은 초등학교 3학년 때부터 친해졌습니다. 친해지게 된 계기는 제가 3학년 때 ㅇㅇ이랑 같이 가야금 활동을 했었습니다. 근데 정작 가야금에서는 별로 친해지지 않았고 친해진 계기는 다른 곳에 있습니다.

어느 날 학교에 가려고 엘리베이터를 탔는데 그곳에서 딱 ㅇㅇ이를 마주친 것입니다. 그때까지는 같은 아파트 같은 동에 살지는 꿈에도 몰랐습니다. 아무튼 그 뒤로 가야금 끝나고 같이 놀면서 지금까지 친하게 지내고 있습니다. ㅇㅇ이는 친절한 친구이고 같은 중학교에 간 두 명의 친구 중 한 명이어서 함께 등하교하며 지내고 있습니다.

두 번째 친구는 ㅇㅇ이 입니다. 이 친구는 초등학교 1학년 때 같은 반이었습니다. 1학년 처음에 같은 모둠이 되어서 친하게 되었던 것 같습니다. ㅇㅇ이랑 쉬는 시간에도 같이 놀고 ㅇㅇ이 집에 갔었던 기억도 납니다.

그때부터 친해져서 지금까지 친합니다. 같은 중학교에 간 두 명의 친구 중 나머지 한 명이 ㅇㅇ이 입니다. 굉장히 재미있는 친구여서 놀 때마다 너무 재밌습니다. 주로 ㅇㅇ이와 ㅇㅇ이랑 같이 노는데 세 명이 모이면 엄청 시끌벅적해지고 정말 재밌어집니다.

마지막 친구는 ㅇㅇ이 입니다. ㅇㅇ이랑은 1학년 때부터 4학년 때까지 같은 반이었습니다. ㅇㅇ이랑 친해진 계기는 특별하지 않습니다. 그냥 오랫동안 만나게 되면서 자연스레 친해지게 된 것 같습니다. 또 같이 숲 체험 같은 것도 다녀서 더 친해졌던 것 같습니다.

4학년 장기자랑에서 엉뚱 발랄이라는 주제로 장기자랑을 할 만큼 엉뚱한 친구이기도 합니다. 비록 같은 중학교에 다니게 되지는 않았지만, 테니스 연습을 함께해서 1주일마다 만났습니다.

제 소중한 친구들을 소개해 보았습니다. 친구들과 오랫동안 잘 지낼 수 있었으면 좋겠습니다. "얘들아, 사랑한다…!"

20년 후

To. 34살 윤지민

안녕! 나는 14살의 윤지민이야! 네가 이 편지를 읽을 때는 어떻게 살고 있을까 궁금하다. 그리고 꿈꾸던 꿈을 이뤘는지 궁금하기도 하다. 근데 이 중에서 가장 궁금한 건 코타가 살아있느냐는 거야. 20년 후면 코타도 27살이니까 만약 살아있으면 완전히 오래 산 고양이겠네!!

음…. 막상 편지를 쓰려고 하니까 무슨 말을 해야 할지 모르겠다. 이제 2022년인데 네가 이 편지를 읽고 있을 때는 2042년이 다가오고 있겠지? 지금의 나에게도 잘하지만, 너도 2042년도 열심히 건강하게 보내길 바랄게! 아! 그리고 친구들이랑 잘 지내고 있지?

지금 친한 친구들을 그때까지도 만날지 궁금하다. 지금은 그때까지 만나면 좋겠는데. 뭔 일이 있을지도 모르니까.! 나는 지금 좋아하는 음악을 들으면서 이 편지를 쓰고 있는데 문득 2041년의 노래들은 어떨지 궁금하다.! 많이 바뀌었나 모르겠네.

아 노래하니까 생각나는 건데 2021년의 내가 좋아하는 아이돌 그룹이 별 탈이 없었는지 물어보고 싶다! 별일 없었겠지!!?? 음. 편지는 이쯤에서 마치도록 할게! 위에서도 말했지만 잘 지내! 근데 2041년에 이 편지를 발견해서 읽을지 모르겠네.

From. 14살 윤지민

이규하(안용중 2)

사막의 어린나무들은 비가 내릴 때 훌쩍 자란다. 소년의 오늘은. 사피엔스, 코스모스'. 책은 도끼다, 변신, 노인과 바다, 데미안, 파리 대왕, 알베르 카뮈, 프란츠 카프카, '황만근은 이렇게 말했다'를 통해 몇 뼘의 성장을 더 했다. 별은 하늘에만 있는 것이 아닌, 규하의 마음속에는 더 큰 별이 있다.

<여행의 이유>를 통해서 본 '사피엔스'

사피엔스는 두 발 직립 보행을 했다. 유발 하라리는 〈사피엔스〉에서 다른 유인원과 사피엔스의 차이에 대해 이렇게 말했다. 그 당시에 자기 몸을 지키기 위해서 진화되었다는 것이다. 매우 흥미로운 주장이라고 생각된다.

사피엔스는 언어를 사용했다는 것이다. 그들은 다른 유인원과는 다르게 허구를 믿고, 이야기할 수 있었다. 이를 바탕으로 무리를 형성하여 서로를 도우며 발전해 나갔다.

그들은 어떻게 성공적으로 협력을 했을까? 이유로는 그들이 모두가 같은 신과 신화들을 믿었고 이 신을 만든 게 바로 그들의 언어였기 때문이다. 7만 년 전의 사피엔스의 2가지 특징은 21세기의 우리의 모습에서도 그대로 나타난다. 현대의 우리와 다른 점은 거의 찾아볼 수 없는 것 같다.

작가 김영하의 〈여행의 이유〉에 호텔과 관련된 이야기가 나온다. 호텔에 머물 때의 기억을 통해, 사피엔스의 추억을 더듬어 볼 수 있을 것 같다. 지구 이곳 저곳을 탐험(?)했던 수만 년 전의 사피엔스들이 머물렀던 공간도 그들에겐 호텔과 같았을 것이다.

오래전 사피엔스들도 오늘날의 사피엔스처럼 다양한 지식이 필요했다. 복잡한 시대를 사는 우리의 문제 해결 능력이 과거보다 나아졌다고 생각되진 않는다.

유발 하라리가 〈사피엔스〉의 1부인 인지 혁명에서 강조하는 것은 현실적응능력이다. 그렇다면 21세기 사피엔스인, 나는 어떤가?

농업혁명에서 시작된 착취와 억압

농업혁명이 사기라고…. 사피엔스의 저자인 유발 하라리 교수의 주장이다. 농업혁명이 일어나기 전에는 사람들은 미래를 중요하게 생각하지 않았다는 것이다. 채집한 것을 그날 먹고 다음 날에 다시 먹을 것을 구하러 가는 생활을 했기 때문이다.

정착과 농경이 '불행 끝 행복 시작'이라는 생각을 고쳐야 할 것 같다. 수렵 채집 시절의 사피엔스는 일은 적게 했지만, 먹거리는 풍부했다. 친밀함을 통해 삶의 행복 지수도 높았을 것이다. 하지만 농업을 시작하면서 갈등이 빈번해졌다.

더 많은 생산을 위한 갈등은 분쟁으로 이어졌고, 수직적 관계가 만들어졌다. 효율을 위한 이유였지만 결국은 계층의 분화와 계급이 출현한 것이다. 특히 예고 없는 흉년으로 많은 사람이 죽어야 했으며, 다양한 질병은 집단적인 돌림병으로 나타나기도 했다.

그래도 인구는 계속 증가했다. 미래를 예측하려는 사피엔스들이 생겼났다. 내집, 나의 땅, 나의 생산물에 대한 개념도 생겼다. 개체의 증가로 인해 개별적으로는 성공적인 삶이라 볼 수는 없을 수도 있지만, 전체를 위해서는 진보한 사피엔스였다.

땅과 재산을 지키기 위해 목숨을 걸고 다른 집단과 싸우기 시작했다. 농부들이 생산한 잉여식량의 증가로 도시국가도 탄생했다. 새로운 수송 기술과 합쳐지자 더 큰 왕국으로 성장했다. 농업혁명으로 인해 사람들은 위대한 신들, 조상의 땅 이야기를 지어냈다. 넓어진 영역과 지역의 사회적 결속을 제공하기 위해서였다.

고대 메소포타미아와 중국의 통일제국, 로마의 질서 유지는 결국 상상 속에 만들어진 질서였다. 사피엔스의 탁월한 상상력이 만든 공통의 신화에 대한 믿음을 바탕에 두고 있다.

21세기의 사피엔스는 시간을 절약하기 위해 거의 모든 것을 걸고 있다. 하지만 지금 대부분 사피엔스의 삶은 빠르게 변하는 세상을 불안하게 생각한다. 부모님은 가끔 나이가 들면 시골에 가서 농사를 짓겠다고 하셨는데…. 바쁘게 돌아가는 도시의 삶이 힘드시기 때문인가?

사피엔스는 통합을 지속할 수 있을까?

인류는 통합을 위해 많은 것을 만들었다. 돈·문화·종교·제국은 통합을 위해 중요한 것들이었다. 넓은 영역을 통치하려는 인간의 욕망이 제국의 출현을 가속했다. 페르시아와 알렉산드로스의 제국, 로마와 몽골 제국은 집단의 결합이 만들어 낸 것이다. 진시황의 진나라 이후 중국은 오랜 분열에도 불구하고 통합을 지향한 것은 시황제의 화폐 통일이 중요하다는 것을 보여준다.

이렇듯 제국의 유지를 위해 필요한 것은 돈이었다. 돈은 조직이나 제국의 상징이라고 볼 수 있다. 돈으로 인해 제국의 사람들은 분열보다 통합과 통일을 유지하려고 했을 것이다.
돈으로 물건을 사고팔 수 있게 하면 자신이 속해있는 집단이나 제국의 가치를 표시하기에 적절하기 때문이다. 제국의 구성원들에게 돈은 손이나 발과 같은 존재였다.

두 번째는 문화이다. 문화는 비슷한 생각을 하는 사람끼리 모여 함께 만들어진 것이라고 볼 수 있다. 문화는 함께 만들어진 그것뿐만 아니라 서로의 믿음이나 신뢰를 불러일으켰다. 군데군데 분포되어있는 사람들을 집단으로 모을 수단의 지속적 결과물이다.

마지막으로 종교는 문화와 비슷하면서도 다르다. 먼저 비슷한 부분은 사람들을 같은 생각으로 통합하도록 한 것, 서로의 믿음이 생겨난 부분은 같다. 하지만 종교는 추상적인 개념이고 한 집단의 문화와는 다르게 믿는 신앙도

제각각이다. 믿는 신이 한 명이 아니다 보니 사람들을 분열시키고 목숨을 빼앗아 갔다.

그런데도 종교는 제국의 유지를 위해 초월적 정당성을 부여하는 데 이바지했다. 사회의 안정성을 위해 법보다 우선인 경우가 오래도록 지속된 이유이다. 그렇다면 미래의 사피엔스들에게 영향을 줄 수 있는 것들은 무엇일까. 글쎄, 종교는 아닐 것 같다. 이유는 그냥 느낌이다.
그럼 무엇? 돈!!

사피엔스의 종착지

사피엔스는 총 4부에 걸쳐 있다. 그중 오늘은 마지막으로 과학혁명에 관해 생각해 봤다. 먼저 현재까지 과학연구가 나날이 발전된 이유는 이것 때문이다. 누군가가 종교적, 경제적, 의료적 등 우리 삶에 도움이 될 거라는 믿음과 신용 때문이라는 것이다. 과학의 발전과 제국주의의 성장은 자본주의와 연계된다. 특히 다수, 또는 누군가의 희생에 의한 과학혁명의 진보가 자본주의 발전에 중요한 역할을 했다. 희생을 통한 발전을 보면, 사피엔스는 잔인하다고 생각된다.

하지만 이러한 과학혁명 덕분에 우리는 풀기 힘들었던 문제를 해결했다. 이로 인해 인류가 한층 더 발전할 수 있었다. 과학이 계속해서 발전하려면 끝없는 이윤 창출이 요구된다. 이를 위해 시간과 자본은 더 많이 요구될 것이다. 현대의 과학의 궁극적인 목표는 이윤 창출에 있을 것이다.

또한 사피엔스의 미래는 신뢰와 신용 덕분에 한층 더 빠른 성장을 나타낸다. 과학에 의한 신뢰가 우리들의 자본을 키워왔고, 조금 더 안락할 삶을 유지할 수 있었다. 그렇다면 과학의 발전으로 어디까지 갈 수가 있을지, 어디를 향해 갈 것인지. 사피엔스의 운명과도 관련 있을 것이다.

정태훈(분당중 2)

들꽃 냄새나는 글을 잔뜩 쓴다. 봄 같고 가을 같은 글이다. 풋사랑 감성이 무르익은 글에는 소년이 산다. 따스한 글들이 휘발하지 않아 활자화되고서야 비로서 살짝 미소를 보내왔다. 아릿하게, 지그시. 참 궁금한 게 많은 소년 태훈, 오래도록 머물러라 감성의 주파수여!

통일 열차 타고 온 꿈속 여행

오랜만에 친구와 여행을 가기로 했다. 아침에 친구가 화장실에서 늦게 나와서 기차 시간이 촉박했다. 그래도 열심히 뛰어 겨우 도착했다. 기차를 타고 난 후 우리의 방으로 갔다. 그곳엔 작은 침대와 식탁이 있었다. 우리는 짐을 위 칸에 넣고 침대에 누웠다. 햄버거를 먹으면서 창문을 보았다.

평양냉면집이 보였다. 우리는 북한을 지나 홍콩으로 떠났다. 철도에서 철컹철컹 소리가 났다. 옆에는 바다가 있어 바다 냄새와 바람을 맞을 수 있었다. 홍콩에 도착한 후 차를 타고 도로를 따라 항구로 갔다. 그곳에서 승차권을 보여 주었다. 우리는 곧장 객실에 들어갔다. 기차보다 2배는 넓었다. 우리는 잠이 들었다.

배가 흔들리기 시작했다.
뿌우우우우우우우우우우우우~~ 소리가 났다.
우리는 잠에서 깼다. 창밖을 보자 거친 파도가 일렁이고 있었다. 그곳엔 커다란 고래가 있었다. 고래는 배를 한번 툭 치고는 사라졌다. 큰 피해는 없어 다행이었다. 위험했지만 지금까지 내 인생에서 고래를 본 것은 모비딕밖에 없었기 때문에 너무나도 심장이 벅차올랐다.

배가 목적지에 도착했다. 그곳은 바로 필리핀이었다. 어렸을 때 친구와 같이 갔던 곳이었다. 오랜만에 친구와 함께 SM도 가고 예전에 살던 집도 갔다. 우리는 숙소로 돌아갔다. 그곳은 한 아저씨가 있었는데 낚시를 즐기시는 것 같

앉다. 벽에는 물고기가 걸려있었다. 다행히 코팅되어있어 냄새는 나지 않았다. 낚싯대도 여러 개의 종류가 있었다. 취미가 분명하신 분이었다.

마침, 내 친구와 나도 낚시를 좋아하기 때문에 아저씨에게 먼저 말을 걸 수 있었다. "아저씨 혹시 낚시 좋아하세요?"라고 말하자 아저씨는 조용히 고개를 끄덕였다.

"그럼 저희 짐 풀고 만나서 같이 낚시하실래요?"라고 물어보자 아저씨는 흔쾌히 오케이 하셨다. 우리는 낚시를 6시까지 하고 들어왔다. 물고기가 잘 잡혀 많이 가지고 온 우리를 보는 다른 방 사람들은 놀라 했다.

그때 아저씨가 큰 목소리로 "오늘은 물고기 파티입니다!"라고 하셨다

기분이 좋아진 우리는 빨리 고기를 구울 팬을 가져왔다. 아저씨는 낚시를 잘하는 것만이 아니라 요리까지 잘하는 살림남이었다. 덕분에 배를 꽉 채우고 잠자리에 들었다.

다음 날 아침 우리는 누구보다 빠르게 짐을 챙겼다. 그리고 모두가 자는 시간에 빨리 나와서 항구로 갔다. 그곳에서는 이른 아침 물고기와 오징어를 파는 사람들이 많았다. 오징어를 사 먹으면서 배를 기다렸다. 배가 오자 우리는 배를 타고 다시 홍콩으로 갔다. 홍콩에 항구 근처에 있는 시장에 갔다. 마치 예전에 가본 동대문 시장처럼 사람도 많고 물건도 많았다. 그곳에서 액세서리와 모자를 샀다.

생각보다 짐이 많아진 우리는 힘들게 기차역으로 갔다. 우리는 표를 받고 기차를 탔다. 다시 그 비좁은 객실에 들어갔다. 처음 왔던 것처럼 몸을 웅크리고 잠이 들었다. 다시 눈을 떠보니 멈춰있는 기차 안이었다. 친구를 깨우고 다시 밖으로 나왔다. 다시 차를 타고 집으로 돌아온 우리는 거실에 대자로 뻗었다. 그리고 짐을 풀기 시작했다.

그때 호텔 아저씨와 같이 찍었던 사진과 고래 사진 등이 있었다. 덕분에 다시 추억을 되살릴 수 있었다.

누워있는 친구를 불러 말했다. "다음엔 어디로 갈까?"

선택, 민주주의

옛날 옛적에 김민수라는 사람이 살고 있었어요. 김민수가 사는 나라는 민주주의 나라였어요. 어느 나라와 비교해도 꿀릴 게 없는 나라였죠. 이유는 뭐든지 백성들과 함께 만든 나라였기 때문이에요. 김민수는 마을 가장자리에서 농사를 지내면서 살고 있었지요. 아내와 아들 그리고 딸과 같이 살고 있었어요.

어느 가을날 벼를 수확하고 있었어요. 갑자기 말을 탄 병사들이 나타났어요. 병사들은 웃는 얼굴로 외쳤어요.
"김민수 씨! 세금 받으러 왔습니다!" 김민수도 웃으며 나왔어요.
김민수는 주머니에 넣은 돈을 병사에게 건넸어요.
병사는 오늘도 수고하세요! 라는 말을 남긴 채 사라졌어요.

옆 나라에 사는 김철수는 매우 힘든 상황에 빠졌어요. 이번 농사가 망해버린 거예요. 김철수는 아내에게 이 사실을 알렸어요. 아내와 이야기하는 도중 무장한 병사들이 들어왔어요.
그들은 둔탁한 목소리로 "왕께 바칠 음식과 제물을 바쳐라." 이 말을 들으면 눈치를 챘겠지만 이해하지 못한 분들을 위해 말해드릴게요.

철수는 지금 독재국가에 살고 있어요. 오직 왕만이 모든 것을 통치할 수 있었어요. 병사들은 집 안으로 들어와 거의 모든 물건을 가지고 갔어요. 여러분은 이 둘 중 뭐가 더 평화롭고 살기 좋은 것 같나요?
맞아요! 바로 김민수가 사는 민주주의 국가예요.

김철수가 사는 나라가 되지 않기 위해 우리는 우리의 지도자를 잘 생각해 보고 선택해야 해요. 선택을 잘못하여 말도 안 되는 지도자가 뽑혔을 때는 우리 시민들의 마음가짐이 중요해요.

시민들도 '아~ 나는 관심 없어'. 이런 반응을 보이면 나라는 더욱더 살기 힘들어질 거예요

우리 함께 살기 좋은 나라를 만들기 위해 힘내봐요!

너무 이른 사랑이었나

서로를 사랑하는 두 남녀가 살고 있었다. 둘은 서로 좋아한다고 이야기를 하지 않았다. 이유는 서로 필사적으로 숨기려고 했기 때문이다.

여자는 "남자가 거절하면 너무 부끄러울 것 같아."라고 생각을 했고, 남자는 "혹시 차이면 어떻게 하지?"라고 생각을 하고 있었기 때문이다.

어느 날 남자가 편의점에서 아이스크림을 사 먹고 있는데 놀이터 근처에서 여자를 보았다. "오늘도 역시 아름답군."이라는 말을 상상하며 여자를 스쳐 갔다. 여자는 남자를 보고 "역시, 오늘도 잘생겼어. 마음씨도 곱고 착해!"라고 생각했다.

여자는 이런 생각을 하면서 부끄러움이 많은 탓에 말을 걸지 못했다. 어느 날 남자가 여자의 집 문을 두들겼다. 여자는 현관문 외시 경을 통해 보았다. 여자는 열심히 꾸민 뒤 밖으로 나갔다.

남자는 감을 들이밀며, "집에 너무 많아서…."라고 말했다

여자는 그런 남자가 귀여웠는지 한번 웃고 "잘 먹겠다."라는 말을 남겼다.

현관문이 닫히자 둘은 부여잡은 심장을 내려놓았다. 이런 사소한 일들로 서로가 설레게 되자 참지 못한 남자는 여자에게 고백했다. 여자는 흔쾌히 대답했다. "좋아요!"

둘은 지금까지 만났었던 일에 관하여 이야기했다. 서로 웃고 울고 떠들며 점점 더 친해져 갔다. 어느 날 여자는 남자에게 전화했다. "이사를 한다."라는 연락이었다. "왜 그 이야기를 지금 하냐?"라고 물었다.

그랬더니 여자는 "네가 걱정하지 않았으면 한다."라고 말했다.

남자도 울고 여자도 울었다. 이틀 뒤, 여자는 마을을 떠났다.

그렇게 초등학교 2학년의 첫사랑은 끝이 났다.

'찐 우정'의 파노라마

필리핀에서의 아침은 일찍 일어나 숙제를 하는 것으로 시작되었다. 숙제를 끝마친 후 거실로 나와 식탁에서 딸기 잼을 바른 토스트를 먹는다. 토스트를 다 먹고 나면 하숙생들과 함께 차를 타고 나선다. 라디오를 들으며 학교에 도착하면 시간표를 제일 먼저 본다. 친구들과 수업 시간에 떠든다는 소식을 들은 선생님은 나와 친구들을 분리시켜 놓았다. 친구들과 같은 수업을 들을 수는 없었다.

평소와 같이 수업을 듣고 쉬는 시간이 다가왔다. 반에서 나오자 어떤 누나와 현지인 애가 보였다. 그 애는 두 눈 끝자락을 손가락으로 찢으며 누나를 놀려댔다. 그러자 한국 출신인 학생이 현지인 학생을 제압했다. 시선이 몰리자 선생님이 다가왔다. 우리가 생각했던 것과는 달리 선생님은 한국 출신 학생을 혼냈다.

어이가 없었다. 하지만 선생님에게 말대꾸하면 안 되기 때문에 뭐라고 할 수가 없었다. 집에 가면서 혼자 생각했다. 진정 선생님이 맞는다면 상황을 알아보려 노력하고 최대한 서로에게 좋은 판단을 내리는 것으로 생각했는데…. 머리가 복잡해지자 생각하는 것을 포기했다. 2개월이 지난 후 난, 한국으로 돌아왔다.

4년 동안 필리핀에 살던 내 친구가 드디어 한국에 왔다. 공항으로 마중을 나갔다. 집에 오는 길에 전통 시장을 들러서 먹을 것을 샀다. 장을 다 보고 집에 도착하자마자 집 구경을 시켜주었다. 내 친구는 내 방이 더럽다며 놀려댔다.

약이 조금 오르긴 했지만 오랜만에 본 친구이니 봐주기로 했다.

불고기가 완성되자 우리는 밖으로 나와 누구보다 빠르게 먹기 시작했다. 오랜만에 먹는 한국 음식이라고, 역시 이모 음식은 언제 먹어도 맛있다고 했다. 엄마는 '호호호' 웃었다. 밥을 다 먹고 우리는 밖으로 나갔다. 공원과 놀이터, 학교도 구경시켜주었다.

저녁이 되자 편안한 옷으로 갈아입고 컴퓨터를 켰다. 같이 게임을 하는데 친구가 깜짝 놀랐다. 외국에서 경험하지 못한 인터넷 강국인 한국에 와서 게임을 하니 너무 부드럽다는 것이었다.

오랫동안 게임을 하고 방에 들어가서 잠을 청하는데 내 친구가 재미있었다고, 다음에도 이렇게 놀자고 말했다. 말이 끝나기가 무섭게 잠이 들고 말았다.

내가 살던 동네는

오랜만에 내가 살던 동네에 갔다.

리슈빌 정문에는 아직도 부동산들과 편의점이 있었다.

계룡에서 예미지로 이동을 했다.

그곳에는 예전에 있던 피자집이 사라진 상태였다.

다행히도 아직 가마로닭강정 집은 있었다.

그곳에서 닭강정을 먹고 우남으로 향했다.

그곳에 있는 축구장에서 논 기억이 아직 남아있다.

회상을 마치고 다시 계룡으로 가서 후문 쪽으로 나왔다.

그곳에는 지동천이 있었고 그곳엔 곱창집과 왕발통 가게가 있었다.

한참 돌아다니다 보니 아직 이곳에 사는 친구가 보고 싶었다.

친구에게 전화하자 12번 울려서 받았다.

친구는 웬일로 전화했냐고 물었다.

나는 오랜만에 동탄에 왔다고 말했다.

친구는 어디냐고 물었고 위치를 말해주자 5분 내로 나왔다.

우리는 근처에 있는 분식집을 가려고 했지만 이미 사라진 후였다.

그래서 감자탕집에 갔다.

그곳에는 삼겹살도 팔고 냉면과 감자탕을 팔았다.

고기와 냉면을 먹고 박하사탕을 집어 먹었다.

밖으로 나와서 친구와 헤어졌다.

오랜만에 예전에 살던 아파트에 들어가 보았다.

엘리베이터를 보며 예전에 누나와 한 장난이 생각났다.

엘리베이터에서 장난을 치다가 무릎이 다쳐서 병원에 간 사건이었다.

그 때문에 2달 동안이나 다리를 접지 못했었던 일이 있었다.

동네를 한번 돌고 나니 벌써 6시였다.

마지막으로 문구점을 들르고 싶었지만 아쉽게도 그곳은 이미 사라져버렸다.

대신 자리를 잡은 뻥튀기집에서 뻥튀기를 사고 귀가했다.

타임머신을 타고 가본 고대의 중국

나는 과학자이다. 언제부터인지는 모르겠지만 어려서부터 타임머신에 관심이 많았다. 타임머신 개발에 내 인생을 걸었다. 이런 나에게 드디어 첫 결과물이 나왔다. 타임머신에 탔다. 버튼들은 누르기 시작했다. 모든 준비가 끝나자 오른쪽 위에 있는 첫 번째 버튼을 눌렀다.

그러자 창밖이 어두워지며 중력이 강해지는 것을 느꼈다. 내가 처음으로 도착한 곳은 바로 춘추전국 시대였다. 이곳은 철제 농기구를 사용하며 소를 통해 농사를 짓고 있었다. 그곳의 사람들은 공자의 유가 사상과 묵자의 사상을 따르고 있었다

1. 철제 농기구를 사용하는 사람을 만났다.
2. 제자백가들의 강의를 들었다.

두 번째 버튼을 눌렀더니 전국시대가 끝나고 강력한 법가 사상으로 중국을 통일한 진 나라에 도착했다.
3. 시황제가 군현제를 시행 중이었다.
4. 화폐와 도량형, 문자를 통일해서 살기가 편해졌다고 말한다.
5. 황제가 유가 책을 태우고 학자들을 죽였다는 소문이 파다했다.

세 번째 버튼을 눌렀더니 한나라로 훌쩍 와버렸다.
6. 무제가 서역으로 장건을 보내 흉노를 공격할 방법을 준비한다는 소식이다.
7. 전매제를 시행하여 정복 사업으로 부족해진 국가 재정을 보충 중이었다.
8. 지방 호족들이 중앙 관료로 진출하는 향거리선제가 시행되는 모양이다.

강지민(수성중 3)

언어를 통해 존재를 인식했다. '하나의 몸짓'에 지나지 않은 글들을 모으는 시간이 이만큼 왔다. 열두 살 아이는 열여섯 살 소년이 됐다. 두툼한 책을 들고 마주친 기억들이 문장으로 살아 온 날. Ctrl+c로 다시 한번 새겨본다. 다정하고 따뜻한, 촛불 같은 지민의 마음이 한둘씩 켜진다.

이다음에 나는

나는 커서 뭐가 될까? 매번 생각하지만, 답을 찾을 수 없다. 난 가끔 이런 생각을 한다. 사람들은 왜 장래 희망이 무엇이냐고, 찾으라고 질문할까? 물론 되고 싶고, 하고 싶은 것이 있다면 상관이 없다.

그것을 위해 하는 일들이 뿌듯하고 보람차게 느껴질 수 있기 때문이다. 그렇지만 강렬하게 되고 싶은 것이 없는 사람들에게는 질문이 매우 난감하게 느껴진다. 없는 목표를 억지로 만들기도 하고 대답을 하기도 어려우며 지어낸 장래 희망을 내 꿈이라 믿고 나아가고, 자신에게 인정시키려 하기 때문이다.

이질감

학교는 가기 전에는 싫고, 학교에선 재밌고, 졸업하면 그립다. 오늘도 등교할 준비를 맞췄다. 매번 지나가는 지루한 길을 지나던 중 나랑 중학교 때부터 친해진 친구가 보였다. 나는 바로 친구 뒤로 살금살금 걸어가 "워!" 하며 놀라게 하니 반응이 매우 재밌었다. 서로 낄낄대며 시간을 보냈다.

그렇게 1년 2년이 지나가더니 초등학교를 졸업했다. 차디찬 겨울이 오고 나는 초등학생 때 있었던 고향이 궁금해졌다. 부산에 사는 나였지만 바로 출발했다. 궁금하고 설레고 그리운 느낌이 들며 나는 기차에 올랐다.

창문 밖을 기웃거리는 동안 기차는 수원으로 향했다. 2시간 뒤 나는 왠지 모를 이질감을 느꼈다. 내가 알던 그 길과 화성행궁이 있었지만, 건물들이 키가 커져 알아볼 수가 없었다. 오직 내 기억 속에 남아있는 옛날의 향기만이 익숙할 뿐이었다.

봄

차디찬 겨울을 녹여주고

생명에게 활기를 불어넣어 주고

따스한 햇볕

시원한 바람

푸르른 새싹

행복한 기분

새로운 시작

우리의 마음을 들뜨게 하는

봄

인지

어딜 보아도 어두 캄캄해 하다

손으로 느껴지는 촉감

귀로 느껴지는 청각

코로 느껴지는 후각이 있지만

아무것도 보이지 않는 시각이

날 확신 할 수 없게 만든다

우리가 눈을 감는 그 짧은 시간

목표

자신이 추구하는 것을 향해 걸어갈 때, 각자 나름의 큰 고개와 마주하게 된다. 어떤 사람은 포기하지 않고 고개를 넘기지만 포기하고 제자리에 멈춰있는 사람도 있다.

만약 나보다 뒤처져있던 사람이 내가 넘지 못한 고개를 넘어간다면 내가 산 삶이 잘못된 거 같기도 하고 허무함을 느낄 수도 있다.

권규헌(수원 제일중 3)

화서문 근처, 카페. 문학을 좋아하는 오래된 후배가 읽어주는 백석 시 〈여
승〉은 콕콕 들린다. 간헐적으로 뿌려지는 늦은 오후의 빗소리는 말갛다.
오래된 그리움이 막 떠오른다. 맑은 심성을 소유한 규헌의 글에는 진한
'정'이 배어있다. 시인의 그리움과 소년의 추억을 꽁꽁 묶어놓고 싶은 날
이다.

푸른 장미

새들이 울어대는 울창한 숲 아래 작은 들판....

붉고 밝은 빛을 내는 꽃들 속 창백한 꽃 하나

그는 오늘도 혼자 남아있었다

남들이 나아갈때 같은자리에 머물러 있고

아름답게 움직이는 동안 움추리고

고운 비단색을 띨때 거친 푸른색을 띠는

그는 장미들속 신비로운 장미였습니다

낫 한 자루와 꽃 한 송이

째깍째깍 날카롭게 들리는 초침 소리가 방을 채울 무렵, 자신을 점점 조여오는 시간이 다가오고 있었다는 것을 느꼈다. 천진난만하고 귀여운 우리의 초등생활은 한순간에 바뀌었다.

중학교에 입학한 순간부터 우리는 시험이라는 간단하면서도 두려운 시련을 만나게 되었고 나를 겨우 몇 문제로 수준을 표시하는 것이 무섭게 느껴지기만 했다. 그때부터일까. 나는 세상이, 나를 하나의 점수로 표기한다고 인식하였다. 하루하루 흘러가며 평소에는 익숙하던 날짜들이 무섭게 느껴지고 시간이 흘러가지 않기를 바랄 뿐이었다. 하지만 인생은 잔인하게 흘러간다.

시간이 나를 기다려 준다는 헛된 희망은 뾰족한 시곗바늘로 하나둘씩 상처를 남겼다. 수도 없이 찌르며 나의 삶을 되돌아보게 했다. 그 행동으로 나의 행동이 한없이 창피해져 가기만 했다.

"옛날에는 내가 왜 그랬을까. 저 때 무엇을 위한 행동이었나. 그것이 내가 바라던 삶이었나." 이런 부정적 의문을 품으며 자존심과 자존감을 깎아갔다. 이것이 반복되어 튼튼하던 나의 심장은 버티기 힘들었는지, 고통의 가루를 느끼게 하였다. 상황이 심각하게 흘러갔다. 늘 위를 바라보던 내가 이제는 끝없는 공허를 본다는 게 참으로 싫었다.

누군가에게 해를 끼치고 싶지 않고 나를 더 섬세하게 다듬으려고 했지만, 현실은 이해해 주지 않았다. 좋다고 여겨왔던 행동들이 비판받으니 나는 어떠한 행동에도 섣불리 나서지 못하게 되었다.

말 한마디가 비난의 일침으로 날아와 나의 몸 하나하나를 묶어갔다. 결국에는 움직이지 못할 정도로 무겁고 딱딱해진 사슬로 변해왔다. 돌아가던 톱니바퀴가 수명을 다한 것일까…. 전처럼 열심히 돌지를 못했다. 벌써 망가져 가던 나를 눈물로 고여버린 웅덩이로 마주해야 했다. 나를 비추던 웅덩이는 점점 커지고 탁해져만 갔다. 거울 속 내 모습은 하얀 안개로부터 자취를 감추었다. 내면에 남아있던 일말의 그림자도 나를 떠난 모양이다.

홀로 남겨졌다. 시계 소리도 한 방울 한 방울 떨어지는 물소리에 묻혔다. 혼자다. 주변에 퍼져있던 온기는 냉기에 잡아먹혔다. 차갑게 얼어붙은 자리는 침묵의 자물쇠에 잠겨버렸다.

털썩, 주저앉았다. '나를 봐주는 이들은 어디 갔는가. 내가 문제인가' 나 자신에게 관대해지지 못하고 있다. 작은 상자에 가둔 행동은 끔찍한 결말을 불러오기 일쑤였다.

터벅터벅 위를 향했다. 툭툭 둑 쏴 아악. 도심 속 불빛을 담은 빗물이 볼 가에 스쳐 갔다. 바닥은 또다시 나를 비추었다. 나는 볼 수가 없었다. 보이지 않았다. 빵빵…. 들려오는 경적은 나를 위로 올려보냈다.

뚜벅뚜벅 계단을 오르며 문을 열었다. 낡은 그 방에는 작고 오래된 편지 하나와 녹슨 낫 한 자루, 시들어가는 장미꽃이 있었다. 편지는 창가에서 들어오는 바람으로 떨어져 버렸다.

안에는 물에 젖은 종이가 모습을 드러냈다. 그 종이에는 이렇게 쓰여있었다.

'당신이 열심히 키워온 이 꽃이 보입니까? 이 꽃이 당신이 올 때마다 늘 꽃을 피웠답니다. 당신은 곱디고운 마음씨와 행복의 물줄기를 그녀에게 선물했습

니다. 그녀는 이를 좋아했습니다.

하지만 당신이 먼저 하늘을 봐버렸군요…. 그녀는 당신을 기다리고 있습니다.

하지만 이제는 지쳐 보이더군요. 밝고 붉은빛을 뽐내는 그녀는 하나씩 하나씩 꽃잎을 닫아가는 중입니다.

당신이 이 꽃을 좋아하신다면 이렇게 하실 거라고 믿습니다. 늘 당신만 바라 봐주던 그녀에게 실망이라는 고통을 선사하지 말아 주세요.

그녀의 노력을 베지 말아 주세요. 아직 당신을 더 볼 수 있으니까요. 저도 같 이 기다릴게요. 당신의 밝은 모습을….'

나는 참아왔던 눈물을 흘렸다. 다시 방을 살펴보았다. 낫 한 자루와 꽃 한 송 이. 그리고 그 옆에는 깨끗한 물뿌리개. 나는 결심했다. 나는 나를 믿으니까. 나는 나를 좋아하니까….

철컥

방문을 굳게 닫으며 남아있는 추억을 고스란히 남겨두었다.

터벅터벅

나는 푸르른 빛을 맞이하며 천천히 걸어 나왔다.

세상은 아직 나를 반겨주는구나….

오래된 빵집 이야기, 김연수의 <뉴욕제과점>

뉴욕제과점에서부터 시작된 그의 삶을 우리는 볼 수 있었다. 당시에 팔았던 빵들, 주변에 건물들, 이웃들과 추억을 만들어갔다. 이 추억이 오래갈 수 있었으면 얼마나 좋았을까? 그러나 사회는 그를 봐주지 않았다.

그의 추억은 하나하나 '기억' 속으로 사라져갔다. 이러한 상황들을 잘 알려주는 문장들이 두루 있었다. 사건 하나하나를 의미하던 문장들은 깊은 뜻을 담고 있었다. '내가 자라는 만큼 이 세상 어딘가에는 허물어지는 게 있다'라는 말은 그의 추억이 점점 사라진다는 것을 의미한다.

이 의미가 어떤 것을 위해서는 희생이 따라오는 법이라는 음울한 뜻을 담고 뇌리에 박히게 했다. 또한 '과하면 질린다.', 이는 인간의 욕심에 대해 아주 잘 요약한 문장이다. 한 곳에 만족하지 못하는 우리를 잘 표현한 것이다. 마지막으로 '그저 보이는 것이 전부가 아니다'라는 말은 외면만 보는 인간을 간접적으로 비판하며 내면의 아름다움을 중요시하라는 문장으로 받아들일 수 있다.

작가가 느낀 감정들이 사건과 잘 맞게 쓰임으로써 독자들에게도 이 감정을 생생하게 전달할 수 있었다고 느낀다. 현대 사회의 빠른 발전으로 적응하지 못하는 사람들의 피해를 잘 나타내주기도 했다. 비록 주인공의 추억은 날아갔어도 가슴 한편에 소중히 보관해두고 언제든지 열어보는 주인공이 대단하고 멋있게 느껴졌다.

책의 제목이 구수한 느낌을 주고 이 구수함이 우리 동네를 돌아보게끔 했다. 늘 익숙하던 풍경에서 새로운 모습들을 관찰하러 가볼까?

그리움(추억), 동네, 학교, 수원화성

처음에 보았던 그 친구. 더 이상 함께 할 수 없다. 오랜 시간 동안 한 마음, 한 뜻으로 자라온 우리는 서서히 무너져 갔다. 동네에서 아는 사이로 만난 우리는 서로가 지루하고 힘들 때 위로해주며 살아왔다. 이 행동들이 우리의 사이를 더 우호적이고 튼튼하게 만들었다.

초등 생활도 끝날 무렵, 우리 둘 사이에 갈림길이 생긴 것이다. 잘 맞았던 우리는 서로 다른 길을 택했고, 이는 우리에게 치명적으로 작용했다. 더 이상 보지 못하는 사실에 약간의 서러움을 느꼈다. 나는 그리움에 치여 옛 과거를 다시 살펴보기도 했다.

집으로 돌아가면서 어린 친구의 모습이 주위에 일렁거렸다. 당황한 나는 잠시 바람을 쐬러 나갔다. 늘 가던 화성에 갔다. 천천히 올라가면 그 주위를 둘러보았다. 싱그럽고 푸르른 잎들 사이로 알 수 없는 향기가 퍼졌다. 그 향기는 잊으려야 잊을 수 없는 향이었다.

더 오래 맡고 싶었던 나는 그 주위를 돌아다녔다. 냄새는 그 자리에서 멈췄다. 그 앞에는 한 소녀가 있었다. 혹시나 하는 마음에 말을 걸었다. 그녀는 대답하였다. 나는 그녀의 말을 듣는 순간, 물 한 방울 한 방울이 내 피부를 스쳐 갔다. 눈물이었다. 감정을 애써 억누르려고 했지만 그리움과 서러움이 너무 컸는지 터져 나온 것이다.

그녀는 당황하여 나를 진정시켜 주었다. 그녀는 나에게 울은 이유를 물었다. 나는 얼른 대답했다. 너와 제일 친했던 친구라고. 보고 싶었다고.

눈꽃 (겨울)

날카로운 바람이 불어오는 날

온 동네는 창백한 꽃들로 뒤덮였다

모두가 이 꽃에 지쳤는지 둔해져 갔다

꽃들은 서로가 뭉쳐 자신을 알렸다

춥고, 아프고, 슬픈 감정을 주는 꽃

가슴에도 한없이 쌓이는

이 꽃은 더 얼어붙어져 가기만 했다

박한나(흥덕중 3)

바람이 오고 비가 온다. 여린 바람이 초록을 키운다. 같은 풍경을 보기 위해 나란히 섰다. 다정한 눈빛으로 오래 본다. 원래부터 맑은 아이였다. 온기가 스며있는 말과 글은 온전히 다 드러내지 않아도 반짝거린다. 글을 품고 마음을 전하는, 한나의 오늘은 마땅히. 다 좋다. 그냥 다……

무표정한 얼굴로 돌아보다

언제나처럼 아침 일찍 일어나 학교 갈 준비를 마쳤다.
"채론아, 준비 다 했니? 학교 늦겠다. 빨리 가자." 나는 빨리 학교에 갈 생각에
신이 났다. 학교에는 내가 좋아하는 하랑이가 있기 때문이다.
하랑이는 초등학교 5학년 때부터 알던 친구이다. 그때까지만 해도 친구들과
하하 호호 즐겁게 지냈었다. 하지만 지금은 아니다.

중학교 때 갑자기 나온 포커스라는 약이 학생들의 성적을 올려주기 시작하면
서 학부모 대부분이 아이들에게 포커스를 먹이기 때문이다. 포커스는 학생들
의 성적을 올려주기 위해 쓸모없는 감정 소모를 막을 수 있게 만든 약이다.
내가 보기엔 포커스는 쓸모없는 감정뿐이 아니라 생활에 필요한 감정도 없애
고 있는 것 같다. 다행히 나의 부모님은 포커스를 먹지 말라고 하셔서 나는 포
커스를 먹지 않는다. 그래서 학교에 가면 항상 심심하다.

학교에 가면 친구들은 항상 무표정한 얼굴로 책을 들고 있다. 거의 모두가 화
장실 이외엔 돌아다니지 않는다. 단짝인 예원이 마저도 최근에 포커스를 먹기
시작해서 우리는 간단한 인사만 나누는 사이가 돼버렸다. 우리 학교에는 전교
생 325명 중 거의 290명 정도가 포커스를 복용하고 있다고 한다.
이야기할 수 있는 친구들이 하나둘씩 줄어가고 있다. 다행히 나는 작년부터
현서와 예원이와 매우 친했기 때문에 학교생활이 힘들지는 않았다. 그중에 예
원이가 빠지긴 했지만, 그래도 현서가 있으니까 괜찮을 것이다.

학교에 도착하자마자 텅 빈 도서관에 갔다. 도서관은 현서와 나만의 아지트이다. 원래는 예원이도 있었는데 예원이는 포커스를 먹기 시작한 뒤로 도서관에 찾아온 적이 없다.

예원이뿐만 아니라 포커스를 먹고 감정이 사라진 아이들은 이제 더 이상 도서관을 찾지 않기 때문에 도서관은 매일 텅 비어있다. 오늘도 도서관에는 현서가 기다리고 있었다. 우리는 도서관에서 포커스에 대해 연구한다.

작년에 현서가 포커스의 부작용에 관한 책을 발견하고 나서부터 예원까지 셋이서 시작한 연구였다. 최근에 알아낸 사실로는 포커스를 복용하면 학창 시절의 즐거운 추억이 없다는 것이다. 그로 인해, 한참 성장 중인 우리는 감정을 다루는 법에 미숙한 채로 어른이 된다.

어른이 되면 억눌려 있던 감정들이 한꺼번에 터져 나와 엄청난 혼란을 겪게 된다고 한다. 그래도 약을 먹는 이유는 공부를 잘해야 어른이 되어서 편하다는 인식 때문이다. 그리고 오늘 알아낸 제일 중요한 사실은 포커스를 복용하면 할수록 감정적으로 둔해진다는 것이다.

현서와 나는 다짐했다.

빨리 친구들의 포커스 복용을 멈추어야겠다고. 자칫하면 우리 세대는 거의 감정이 없는 사람들로 꽉 찰 것이다. 그렇다면 내가 좋아하는 하랑이나 단짝인 예원이도 어른이 되어서 만났을 때 거의 감정이 없을 것이다.

생각이 여기까지 다다르자 더 서둘러야겠다는 생각이 들었다. 우리라도 포커스를 없애야 한다. 하지만 어떻게 친구들을 모을지가 문제였다. 감정이 없는 상태에서 아무리 호소해봤자 친구들은 이성적으로 자신에게 옳은 것은 약을 먹고 공부를 잘해서 모두가 열광하는 대학에 들어가는 것이라고 할 것이다.

그렇다면 남은 방법은 하나다. 부모님들을 설득하는 것이다. 자기 자식들이 잘못되는 걸 지켜보고 있을 부모는 없을 것이다. 우리가 설득하면 분명 하나둘씩 포커스 복용을 멈출 것이다. 우리는 내일이 마침 학부모 참관 수업이니 부모님들을 설득하자고 이야기를 나눈 후, 교실로 돌아갔다.

교실은 친구들이 책 넘기는 소리밖에 들리지 않았다. 솔직히 교실에 친구들이 있으면 로봇들과 함께 있는 것 같아 무섭다. 하루빨리 초등학교 때처럼 친구들과 이야기를 나누고 싶다. 선생님께서 조회를 시작하시겠다고 들어오셨다.

"얘들아, 오늘 체육은 운동장이다. 이상 조회 끝." 초등학교 때는 분명 말을 듣지 않는 친구들 때문에라도 조회가 계속해서 길어졌었다. 하지만, 이제는 포커스를 복용하고 감정이 점점 없어져서 그런지 조회 시간에 정말 꼭 필요한 말만 하고 선생님은 교무실로 가신다.

아마 지금 이 세대를 가르치고 계시는 선생님들은 제일 편한 교직 생활을 즐기고 계시지 않을까 하는 생각이 들었다.

1교시부터 체육이다. 친구들은 로봇처럼 줄을 맞춰 운동장으로 가고 있었다. 나도 그 뒤를 따랐다. 운동장에 도착하니 체육 선생님이 이번 체육 시간에는 농구를 할 것이라고 하였다. 그 말을 듣자 딱 하랑이가 생각났다. 하랑이는 초등학교 때 농구를 가장 좋아했다.

지금은 감정이 억제되어 있어 표정이 없지만, 만약 포커스가 없었다면 분명 하랑이는 농구를 한다는 말에 신이 나 있었을 것이다. 아무튼, 적막한 운동장에서 농구 경기가 시작되었다. 농구를 시작한 지 7분쯤 지났을까.

하랑이가 던진 공에 길고양이가 맞아서 쓰러졌다. 나는 길고양이를 보고 걱정이 되어 길고양이에게 달려갔다. 나는 당연히 하랑이가 길고양이를 보고 안절부절 못 할 것으로 생각했다. 하랑이가 나와 고양이 쪽으로 달려왔다. 그런데 하랑이는 고양이 옆에 떨어진 농구공을 줍기만 할 뿐 고양이는 거들떠보지도 않았다.

다시 농구 경기를 하러 가버렸을 뿐이었다. 머리를 망치로 얻어맞은 것 같다. 그렇게 생명을 사랑하고, 마음이 여리던 하랑이는 어디가고 저런 무표정하고 무심한 하랑이가 되었을까. 체육이 끝난 뒤로도 머리가 멍했다.

시간이 빠르게 흘러 점심시간이 되었다.

여전히 멍한 상태로 급식실로 향했다. 급식실도 적막이 흐른다. 젓가락과 식판이 부딪히는 소리밖에 들리지 않는다. 나는 점점 초등학교 때와 너무나도 달라진 이 적막과 고요함에 싫증이 났다.

너무 싫다. 이 적막함과 고요함 속에서 먹기만 하는 친구들과 친구들을 그렇게 만든 포커스가 너무 싫다. 입맛이 없어서 급식을 모두 버렸다. 급식실을 나와서 바깥바람을 쐬며 생각했다.

초등학교 때의 활기찼던 친구들을 보고 싶다고, 지금의 친구들은 로봇과 다를게 없다고. 학교가 끝나고 집으로 가는 길, 현서와 부모님들을 설득할 계획을 짰다. 생각해낸 방법은 학부모 참관 수업이 끝나고 쉬는 시간에 운동장 앞에서 부모님들을 설득하자는 것이었다.

거기까지 계획을 세우고 각자 학원으로 갔다. 학원에서도 "내일 학부모님들을 잘 설득할 수 있을까?"에 대한 걱정 때문에 집중하지를 못했다. 설레기도 하고 두렵기도 하다.

대망의 아침이 되었다.

이제 부모님들을 설득할 일만 남았다. 수업이 끝나고 우리는 집으로 가려는 부모님들을 모았다. 현서와 나는 여태까지 도서관에서 모았던 자료들로 포커스의 부작용에 관해 설명하기 시작했다. 몇몇 부모님들은 무시하고 지나가 버렸다.

하지만, 그분들을 제외한 나머지 부모님들은 점점 우리의 이야기에 귀를 기울이기 시작했다. 우리는 이야기했다. "포커스는 청소년기 아이들의 내적 성장을 억누릅니다. 결국 성인이 되어서 자신의 감정을 제어하는 능력이 떨어지게 됩니다.

물론, 포커스를 복용하면 공부는 잘할 수 있을 겁니다. 하지만, 계속 복용한다면 복용을 멈췄을 때도 감정이 없는 상태에 머물러 있게 될 것입니다." 긴 설득이 끝나고 부모님들은 분노했다. 분명히 포커스를 만든 회사에서는 그런 안내 사항이 없었다고 말이다. 당장 시위하러 가자는 것을 간신히 말렸다. 지금 움직여봤자 좋을 필요가 없다.

이미 많은 아이가 포커스를 복용했고, 그로 인해 감정들이 점차 사라지고 있었다. 이 문제에 대한 잘못은 사실 포커스를 만든 회사에만 있는 것이 아니다. 공부를 잘해서 좋은 대학에 들어가고, 의사나 판사 같은 '사'가 들어가는 직업을 가지게 되면 '성공했다'라고 표현하는 우리나라 사회가 잘못된 것이다.

부모님들이 나머지 일들은 자신들에게 맡기라고 하였다. 우리는 그렇게 하겠다 하고 다시 교실로 돌아왔다. 드디어 무표정한 얼굴 대신 감정이 있는 친구들의 생기있는 얼굴을 볼 수 있겠다는 생각이 드니 너무 행복했다.

부모님들을 설득하고 난 이후 우리는 전보다 생기 넘치는 친구들의 얼굴을 볼

수 있었다. 자신들의 감정에 혼란스러워하기는 하지만 그래도 대부분이 자신의 감정을 되찾은 것 같았다. 예원이도 자신의 감정을 되찾았다.

미소를 지을 수 있을 만큼 말이다. 하지만, 행복도 잠시 교장실에서 현서와 나를 불렀다. 교장 선생님께서는 어제 부모님들을 모아놓고 둘이 무엇을 한 건지, 왜 학생들이 이렇게 시끄러워졌는지에 대해 추궁했다.

우리는 있는 그대로 포커스의 부작용에 관해 설명했다. 교장 선생님은 학생들이 다시 시끄러워진 것에 대해 못마땅해하셨다. 교장 선생님에게 설명하는 내내 우리는 두려움을 꾹 참고 계속 설명했다. 설명을 다 들으시고는 우리를 보내 주셨다. 무섭지만, 친구들 하나하나를 생각하면서 하루를 버렸고, 드디어 학교가 끝났다.

집으로 가면서 습관대로 뉴스를 찬찬히 살펴보았다.

뉴스를 보려고 딱 창을 띄운 순간 깜짝 놀랐다. 기사가 죄다 포커스 회사 앞에서 시위한 부모님들에 관한 내용으로 꽉 차 있었다. 떨리는 손가락으로 제일 첫 번째로 떠 있는 기사를 클릭했다.

'오전 10시경 포커스 회사 앞에 많은 학부모가 피켓을 들고 서 있습니다. 이들의 피켓에는 포커스 회사에서 포커스의 부작용에 대해 알 권리를 침해했다고 쓰여 있었습니다. 포커스 회사직원들의 만류에도 불구하고 4시간 동안 회사 앞을 떠나지 않았습니다. 포커스의 부작용을 알린 건 OO중학교 학생인 서채론, 김현서라고…'까지, 읽고 나는 황급히 기사 창을 닫았다. 혼란스럽다. 뉴스에까지 이름이 나갈 줄은 몰랐다. 이럴 땐 어떻게 해야 할까. 여러 종류의 물감을 쏟아부어 색이 엉망이 된 것처럼 머리가 터질 것 같다.

그저 친구들을 포커스의 부작용에서 구해주고 싶을 뿐이었다. 일이 너무 커진 것 같았다. 하지만 다시는 친구들을 감정이 없는 로봇으로 마주하고 싶지 않다. 너무 심란하다. 내일 어떤 일이 일어날지 대충 예상이 되었다. 이런저런 생각들로 집으로 들어갔다. 엄마가 놀란 얼굴로 나에게 달려오셨다.

"채론아! 무슨 일이 있었던 거니!" 나는 여태까지 있었던 모든 일을 말했다. 엄마가 화를 내실 것만 같았다. 왜 자신한테 아무 말도 하지 않았느냐고. 그런데 갑자기 나를 꼭 끌어 안아주셨다. 여태까지 힘들었던 일 때문인지 감정이 북받쳐서 눈물이 앞을 가렸다.

엄마는 그 일에 대해 더 이상 묻지 않으셨다. 그저 내일 어떻게 해야 할지 고민하시는 것 같았다. "채론아 내일 학교 갈 수 있겠니?" 나는 이런 일은 피하는 것보다 부딪혀 보는 것이 더 나을 거라고 이야기했다. 그렇게 이야기하기는 했지만, 사실 학교에 가는 게 걱정이 되었다. 혼란스러운 마음으로 이내 잠을 이루지 못하고 밤을 새웠다.

아침이 오기는 했다.
살면서 가장 긴 밤이라고 해도 과언이 아닐 만큼 힘들었지만, 꾹 참고 학교에 갈 준비를 했다. 학교에 가려고 문밖을 나서려는데 밖에서 웅성거리는 소리가 들렸다. 별생각 없이 문을 열었다.

그 순간 수많은 기자가 보였다. 갑자기 내 이름을 막 불러댄다. "채론양! 채론양! 포커스 관련…." 너무 당황스럽다. 이럴 땐 어떻게 해야 하는 건지 하나도 모르겠다. 설마 기자들이 집 앞까지 올 줄은 몰랐다. 그때 갑자기 어떤 손이 내 손목을 붙잡았다. 누군지는 몰라도 난 무사히 기자들 틈을 빠져나올 수 있었다.

제법 한적한 학교 근처의 골목에서 누가 내 손을 잡고 도망칠 수 있게 도와줬

는지 확인할 수 있었다. 하랑이었다. "괜찮아? 뉴스에 네 이름 나왔더라." 나는 하랑이 얼굴만 뚫어져라 쳐다봤다.

이제야 비로서 내가 포커스의 위험성에 대해 알린 것이 실감이 났다.
하랑이가 감정을 되찾고 처음으로 대화를 해봤기에 안 그래도 혼란스러운 마음이 배가 되어 가고 있었다. 하랑이가 "네 덕분에 포커스에서 헤어 나올 수 있었어. 사실 포커스가 얼마나 위험한지 약간은 알면서도 공부할 땐 그 약만한 게 없어서 계속 사용하고 있었거든. 너무 걱정하지 마. 네가 찾아낸 포커스의 부작용 덕분에 다른 사람들이 감정을 잃지 않게 되었어..! 분명 아무 일도 없을 거야!!"
하랑이의 한마디가 내 마음속에 얼어 붙어있던 걱정들을 모두 녹여주었다. 나는 하랑이에게 대답 대신 미소를 보여주었다. 그리고는 하랑이의 손을 붙잡고 말했다.
"학교 늦겠다! 뛰어가자!!"
이제는 아무 걱정이 되지 않는다. 나는 떳떳하다. 기자들 앞에서 당당하게 포커스의 부작용에 관해 설명할 수 있을 것 같다. 상쾌한 아침 공기가 좋아하는 사람 옆에 있어 행복한 나의 마음을 더 부풀려주었다.

안예원(흥덕중 3)

언제였던가. 소멸하지 않은 시간을 타고 열 한 살 아이가 왔다. '별일', 별의 일이다. 우주적 생의 일, 하늘의 일이다. 내면의 느낌으로 글을 남긴 아이는 이 만큼 성장했다. 시간은, 나의 시간을 내어주며 달려간다. 작은 도토리 한 알이 거대한 참나무의 생(生)을 품고 있듯, 예원의 삶은 '화양연화'이다.

요조의 일기장을 흉내 내자니 부끄럽다

(1) '인간 실격'을 읽고

"부끄러운 일이 많은 생애를 보내왔습니다. 나는 인간의 삶이라는 것을 도무지 알 수가 없습니다."

책은 200페이지 가량에 걸쳐 요조의 일생을 요약한다. 요조는 부끄러웠다. 책은 그가 부끄러웠던 이유를 수도 없이 밝힌다. 이런 말을 했다. "싫은 것을 싫다고 말하지 못하고 또한 좋은 것도 어쩐지 머뭇머뭇 남의 것을 훔친 것처럼 참으로 씁쓸한 뒷맛이 남고, 그러고는 말로 표현할 수 없는 두려움에 시달리는 것이었습니다. 나중에 이것이 결국 나의 부끄러운 일이 많은 생애의 중대한 원인을 만든 성격이라고 생각합니다."

요조는 그의 성격을 자세하고도 자세히 분석했다. 그래서 부끄러울 수 있었다. 부끄럽다는 것도 아무나 느낄 수 있는 것이 아니다. 자신에 대한 깊은 성찰과 깨달음을 통해 얻은 신성한 산물이다.

부끄러움은 깨달음이고 곧 발전을 도모한다. 요조가 그다음으로 넘어가지 못했음에 안타까울 뿐이다. 그렇다면 그는 왜 인간 실격되었을까. 책에는 이런 구절이 나온다. '선악의 개념은 인간이 만든 거야. 인간이 마음대로 만든 도덕의 언어', 애초에 인간이 가져야 할 도덕적 관념이라든지 가치 같은 건 없다.

선악의 기준은 그들 중심으로 흘러간다. 요조는 받아들이지 못했다. 너무도 순수했던 그는 세상이 요구하는 인간상에 실격당했다. 그들은 인간이 사는 세상에서 요조를 배제하고 살아갔다. 인간들은 요조를 인간 실격시켰다. 이것은 세상이 본 요조이다. 요조 그 자신을 어떻게 여겼을까.

내가 생각건대 요조가 진실로 인간 실격당한 순간은 그가 인정한 순간이다.

세상이 나를 인간이 아니라 한들 내가 부정한다면 그만이다. 실제 다자이 오사무는 이렇게 말했다. "나를 인간으로도 생각하지 않은 모양이다. 나는 인간으로서의 가치를 상실하고 말았다."

그는 판단했다. 자신에 대한 능동적이고 주체적인 태도는 중요하다. 나라는 존재에 대한 주체성으로 나는 나를 만든다. 이제 그는 인정해버린 것이다. 결국 요조가 인간 실격된 이유는 자신을 포기했기 때문이다. 그는 주체성을 잃어버렸다. 그 자신을 인간 실격 시켰으므로 진정한 인간 실격이다.

다자이 오사무의 자서전과도 같은 이 책은 그의 인생을 무서울 정도로 솔직하게 이야기한다. 그는 요조를 통해 자신을 비판하고 싶었던 것이 아닐까. 내가 감히 요조를 판단하자면 그는 순수하며 아름답고 나약한 인간이었다고 말할 수 있겠다.

"서로 사기를 치면서도 다들 이상하게 아무 상처도 입지 않고 서로 속이는 것조차 깨닫지 못하는 것처럼 실로 훌륭한, 그야말로 맑고 명랑한 불신의 사례가 인간의 삶에 가득한 것입니다."

나 역시도 요조와 같았다. 이 문장을 보고 인간 불신에 대해 떠올리면 초등학교 저학년 때가 떠오른다. 처음으로 친구의 뒷담화를 들었을 때다. (내 기억으로는) 나는 불안했다. 잘못을 저지르고 있는 것만 같은 불안감에 사로잡혔다. 친구의 이야기를 듣고 나서는 뒷담화의 대상자인 친구 A가 괜히 미워졌다.

대화가 끝나고 내가 본 광경은 실로 어이가 없었다. 두 친구가 사이좋게 어울려 놀고 있는 것이었다. 조금 전에 있었던 일은 아예 기억에서 지워버린 것처럼 태연했다. 어린 마음에 조금 서운했던 것도 같다. 그 말 한마디에 A를 안

좋게 생각하게 된 나 자신이 나쁜 사람처럼 느껴졌다. 그러나 이미 안 좋은 이야기를 들은 이상 예전처럼 지낼 수는 없을 것 같았다.

결국에는 A를 따돌리자던 소리에 정신을 차리고 A를 미워하는 마음에서 벗어났다. 당시 적잖이 충격이었는지 지금까지도 기억이 선명하다. 다자이 오사무는 이 불신의 세계에서 진정한 이해와 소통, 교감만이 우리를 인간답게 살게 한다고 말한다. 우리는 진정으로 서로를 이해하고 소통하는가?

내 작은 경험은 그렇지만은 않다고 말한다. 나 또한 이 경험 이외에도 많은 인간 불신의 사례를 경험해왔다. 그 때문에 나만의 비밀을 만들고 이를 쉽게 내어주지 않는 법을 학습했다. 솔직히 하자면 필요에 따라 남을 깎아내리는 것도 사실이다.

인간이 완벽하다면 비난할 것도 숨길 것도 없겠지만 안타깝게도 인간은 불완전한 존재이므로 작은 구멍이 생긴다. 불완전한 이들은 서로를 완벽히 이해할 수도 없다. 우리는 이렇게 생기는 작은 구멍과 같은 오해들을 비난으로 채우고 있다. 진정으로 이해하고 교감하려는 노력은커녕 나와 맞지 않는 친구를 뒷담화하는 것처럼. 요조가 조금 알고 있는 세상은 이것이다.

'남들이 자신에게 들이대는 잣대는 절대적인 잣대가 아니라 개인적인 잣대다. 세상의 불가사의는 개인의 불가사의고 세상이 아니라 개인을 말하는 것이다.'

결국 부끄러움의 문제다.

개인은 개인을 비판할 자격이 없다. 그 개인의 잣대를 인정하고 부끄러워해야 한다. 그리고 비난을 멈추고 내 안의 진정성을 끌어내어 말해보아야 할 것이다. 마음마저 삭막하게 변하여 세상에 있는 나약한 요조의 존재를 부정하는 일이 없도록.

"이 작품은 일정한 성격을 가지고 태어난 사람들, 나약하고 아름답고 슬프고 순수한 영혼을 가진 사람들의 영원의 대변자이며 구원이다."

책의 해설 부분에 나온 구절이다. 인간 실격을 처음 읽고 이해가 되지 않아 관련된 영상들을 찾아봤었다. 그 영상의 댓글 중 '이 책을 나를 이해시켜준 책이다.'라는 글을 보고는 마음이 울렸다. 다른 사람의 모습을 보고 나를 이해하는 것은 쉽지 않다.

개인과 개인은 다르기 때문이므로. 이 세상에 하나밖에 없는 나라는 사람은 이해하기 어려울 때가 많다. 그러므로 영원의 대변자라는 요조의 역할은 매우 중요하다. 이것이 다자이 오사무가 말하는 진정한 소통과 교감이 아닐까 하는 생각이 든다.

우리는 사람을 너무 쉽게 판단하는 경향이 있다. 어떤 사람이 내 친구 누군가 어떤 사람이냐고 묻는다면 나는 쉽게 대답할 것이다. 반대로 나는 어떤 사람인지 묻는다면 선뜻 대답하기가 어려워진다. 남을 이야기 할 때는 내가 보는 평면적이고 외적인 부분만을 쉽게 이야기한다.

하지만 내가 보는 나는 매우 입체적이고 다양한 모습을 가지고 있는데 한마디로 정리하기가 어렵다는 것이다. 이렇듯 어려운 '나'를 이해했다는 점에서 나는 대변자와 이 책의 위대함을 한 번 더 깨달았다. 그래서 나도 한 번 써보려고 한다. 또 한 명의 요조가 되어보기로 했다.

(2) 나의 이야기

0

나는 인간 실격을 읽고 요조를 이해했다. 어떤 한 사람을 이해한다는 것은 상당히 가치가 큰일이므로 그것을 나에게도 적용해보기로 했다. 순식간에 지나

가 버린 나의 중학교 1학년부터 현재인 중학교 3학년까지의 이야기를 짧게 쓴다.

고작 2~3년 남짓한 시간 동안 나는 내가 성장하고 있다는 것을 느꼈다. 졸업을 앞둔 중3을 보다 의미 있게 보내기에도 좋을 것이다. 글을 쓰기 위해 먼저 일기장을 모두 읽었다. 당시 나의 감정 같은 것들을 세세하게 기록해 놓았기에 기억을 떠올리기 좋았다. 단점이라고는 읽으면서도 조금 부끄러운 것뿐이다.

거의 6년 동안 논술을 해왔지만 가장 못 쓰는 글이 무엇이냐고 묻는다면 시와 자기소개서다. 시는 대체 왜 못 쓰는 건지 잘 모르겠지만. 나는 정말 나를 모른다. 어렸을 때도 새 학기만 되면 자기소개서를 쓰는 것이 괴로웠다. 취미, 장점, 특기란은 특히 나를 괴롭혔다.

이 글을 쓴다고 해서 내년에 쓸 자기소개서가 어렵지 않을 거라는 기대는 하지 않는다. 조금은 나를 이해해보고자 한다. 또 한 가지는 친구들과 고민을 나누며 생각한 건데 나와 같이 복잡한 청소년 시기를 겪고 있는 친구들에게 감히 위로를 건네고 싶은 마음도 있다.

1

중1의 일기장을 펼쳤다. 처음 보인 것은 알록달록하게 꾸며놓은 달력, 새해 목표. 중학교 생활에 괜스레 겁먹고 거창한 목표를 많이 세웠다. 2020년은 코로나가 시작된 해다. 4월까지 개학이 미뤄졌고, 첫 등교는 6월에 했다. 그마저도 일주일 정도 등교했던 것 같다.

이 때문에 나의 중학교 1학년은 노는 것보다는 가만히 집에 있는 시간이 많았다. 사춘기 소녀는 집에서 온갖 생각을 하며 보냈다. 정말 이것저것 생각할 시간이 많았다. 거의 6개월간 사람들과 소통이 단절된 상태로 살아갔다.

사춘기를 겪으며 성숙해져 가는 시기에 주변의 어떤 영향도 없이 생각하며 살아간다는 것은 한 번쯤 경험해도 나쁘지 않은 일이었던 것 같다. 나는 이 시기에 내 가치관과 조금 성숙해진 생각을 정리했다. 조급하지 않고 여유롭게.

2020년 4월의 봄을 나는 아직도 잊지 못한다. 코로나로 물든 해였음에도 나의 기억이 행복한 것은 이 시기에 달려 있다. 나는 심해지는 코로나에 극도로 세상을 경계하는 중이었다. 엄마는 산책이라도 해야 한다며 나를 매일 끌고 나갔다. 4월은 여전히 따스하고 향기로웠지만 아무것도 느끼지 못하여 더 따스한 봄이었다.
동시에 삭막하며 두려웠다. 그 속에서도 지루함을 참지 못했던 나는 매일 산책로를 바꿔가며 걸었다. 일주일에 몇 번은 돗자리를 가지고 소풍도 나갔다. 우리가 소풍 가던 그 나무 아래는 유일하게 사람들을 피할 수 있는 곳이었다. 코로나로 오랫동안 만나지 못했던 나의 귀한 친구와 만난 곳도 여기다. 돗자리에 앉아 마스크를 벗을 때 터져 나오는 공기의 향기는 평소보다 두 배는 짙었다. 현재의 두려움은 있을지 모르나 마음 한쪽에 불안한 마음은 없던 봄이었다. 하기야 아직 학교도 안 간 중1에게 무슨 고민이 있을까. 당장 집에 가면 할 일도 숙제도 없었다. 그래서 그 봄날이 더 싱그러웠을까.

2학기가 되어서야 제대로 된 학교생활을 시작했다. 학교를 나가는 날도 꽤 있었지만 나는 아직도 중학교라는 집단이 무서웠던 것 같다. 초등학생 때 부모님을 따라 투표장으로 쓰이던 우리 학교에 와 본 적이 있다.
우리 학교는 건물이 두 개로 나뉘어 있어 뒤쪽에 있는 것을 후관이라 부른다. 후관에 들어서면 보이는 기술실이 바로 투표장이다. 후관은 전관에 가려져서

비가 오기라도 하면 물에 잠긴 듯 매우 습하고 어둡다.

그날 그곳에서 느낀 공포가 우리 학교에 대한 첫인상이었으므로 나는 중학교라는 것이 더 무서워졌다. 나는 적응이 느린 편이기 때문에 새로운 환경을 만나면 일단 멈춘다. 이때는 매년 나가던 학급 임원도 나가지 않았다. 어떠한 일에도 나서지 않고 조용히 지켜보았다. 갑자기 극도로 소심해져서는 작은 행동조차도 해도 될까 망설였다. 생각은 정리했으나 실전에 적용해본 적은 없었기에 머리가 새하얘졌고 사색과 고민은 모두 초기화되고 말았다.

중학교에서 처음으로 사귄 친구들은 총 다섯 명이었다. 이 친구들이 아니었으면 난 계속 두려움에 떨고 있을지도 모른다는 생각이 들 정도로 고마운 친구들이다. 이제껏 아무에게도 말하지 않은 사실이지만 난 내가 친구가 없다고 생각했다.

매년 반에서 가장 친한 친구와만 깊게 사귀는 데 집중하여 많은 친구를 사귈 턱이 없었다. 부끄럽지만 많은 사람이 친구가 많다 칭찬해도 나 자신만은 아니라고 여겼다. 새로운 것이 힘들고 버겁다고 여겼던 것도 이 때문이다. 이런 내가 한 반에서 다섯 명의 친구를 사귀다니 얼마나 대단한 일인가.

여러 명의 친구와 어울려 지내는 건 그렇게 어렵지 않았다. 내가 누구와 더 친하든지 모두를 내 친구라고 생각하면 되는 것이며 사람이 아무리 많더라도 두려워하지 않고 내 할 말을 마구 해대면 되는 것이었다. 나는 여기서 자신감을 얻었고 즐거움을 얻었다. 나의 소심했던 성격을 극복한 계기이기도 하다.

친구들의 도움 외에도 내가 중학교 생활에 적응할 수 있었던 건 자존심 때문인 것 같다. 나는 불안하고 두려웠음에도 자존심은 가진 사람이었다. 두려워서 멈추고 싶어도 자존심은 허락하지 않았다. 어떻게 해서라도 모든 것을 완벽하게 해내야 한다는 나의 자존심이 내 행동을 이끌었다. 중학교라는 것은 초등학교와는 차원이 달랐기 때문에 모르는 것 투성이였다.

선생님이 하는 말 중 모르는 단어도 존재했고 교과서에 필기를 해야 한다는 사실조차 몰랐었다. 내가 모르는 것이 생길 때마다 자존심은 그것을 정복해야 했다. 그렇다고 해서 내가 완벽주의적인 사람인가 하면 그건 아니다. 그저 사람들 앞에서 부끄러운 일을 만들고 싶지 않았고 '이왕 할 거면 열심히 하자'라는 신조를 적용한 것뿐이었다. 이게 내 자존심의 또 다른 정체다.

또는 자존심을 버려야 하는 일도 있었다. 무엇이든 부끄럽지 않게 끝내고 싶었지만 실패한 경우다. 초등학교 때 방송부 활동을 했던 나는 호기롭게 중학교 방송부에 지원했다. 그러나 1차 서류에서 떨어지고 말았다. 서류에서 떨어지는 건 또 뭔가. 방송부에서 날아온 불합격 문자에 충격을 받은 나는 그대로 멈춰버렸다.

그 뒤로 친구들의 합격 소식이 들려왔다. 원래라면 꽁해져서는 속으로는 기분이 안 좋을 테지만 이번에는 자존심을 버리기로 했다. 이보다 더 심하게 실패할 수는 없다고 생각했기 때문이다. 내 자존심을 버리고 진실로 그들을 축하해주는 건 생각보다 어려웠다. 중학교에서는 생각보다 자존심을 버려야 하는 일들이 많았다. 조금씩 연습한 뒤로 알게 된 것은 불안하기만 했던 내가 변해가는 것이었다. 아, 이게 마음이 편하다는 거구나. 알았다. 학교에 조금은 적응한 것 같기도 하다.

2

중2의 일기장은 건조하다. 처음은 알록달록하지만 갈수록 투박한 연필로 휘갈겨 쓴 글씨가 가득하다. 빼먹었는지 빈칸도 많다. 그래도 알차게 새해 목표나 다짐도 써놓았다. 중2는 이 일기장처럼 마음이 복잡했다. 알록달록했다가 거친 연필 색이었다.

2021년의 1월 나는 친구와 제주로 한 달 살기를 떠났다. 별로 친한 사이는 아니었지만, 엄마들끼리의 합의와 나의 동의가 이루어진 여행이었다. 내가 동의는 했지만, 공항 가는 차 안에서는 혼란스러움을 감출 수 없었다. 분명 나와 말도 몇 번 섞어보지 않았을 텐데 이 친구는 어째서 내 옆에 있는 걸까. 어색하기만 했다. 친구는 내 속을 아는지 모르는지 여행 가는 기쁨에 가득 차 있었던 것 같다. 아니면 그도 어색했을까. 열흘간 한방에서 지내면서 우리는 금세 둘도 없는 친구가 되었다.

특히 이 친구는 함께 있으면 이상하게 마음이 편안했다. 처음 느껴본 감정이었다. 나는 진심으로 나의 믿음을 주었다. 솔직히 말하면 나는 웬만해서는 누구든 진실로 믿지 않으려고 한다. 신뢰는 위험한 것이기 때문. 이랬던 내 마음이 단 열흘 만에 무장해제 됐다. 이 이상하고도 사랑하는 나의 친구가 혼란스러운 중2 생활의 버팀이 돼주었다.

중학교 2학년에는 학교생활에 어느 정도 잘 적응했다. 학급 임원에 나가기로 했다는 게 그 증거다. 친하다고 할 만한 친구가 없었지만 당선되었다는 게 나의 자신감을 키워주었다. 2학년 때 가장 기억에 남는 일은 1학기 말 친구 사랑의 날 행사였다. 친구에게 고마움을 전하는 편지를 쪽지에 써서 붙이는 활동을 할 때였다.

벽에 붙은 쪽지를 읽는 도중 나에 관한 내용을 읽었다. '부회장 역할을 열심히 잘하는 것 같아' 따위의 말들이 2~3개 정도 적혀있었다. 별생각 없이 썼을 수도 있겠지만 나에겐 큰 감동이었다.

나는 어려서부터 성격은 소심하면서도 앞에 나서는 걸 좋아했다. 그래서 꼭 회장보다는 부회장에 나가곤 했다. (항상 회장 선거에서는 떨어져서 그런 것도 작은 이유지만) 부회장이 되어서도 소심한 성격이 발동하여 친구들을 잘 이끌거나 그러지는 못했던 것 같다. 따라서 어떨 때는 내가 부회장인지 까먹는 친구도 있고 왜 일을 안 하느냐는 불평을 늘어놓는 친구도 있었다. 그래서 한 학기가 끝날 때마다 역할을 제대로 못 했다는 생각에 우울해하곤 했었다. 이번에는 중학교에서 맡은 첫 임원인 만큼 소심했던 성격도 고치고 나름대로 열심히 노력했다. 그 노력을 인정받은 것 같아 기뻤다. 내가 노력한 만큼 성과를 이루게 된 첫 경험이었다. 그래서 나에게는 그 짧은 메시지가 한 학기 생활 중 가장 중요하다.

중2는 첫 시험을 본 해이기도 하다. 어떻게 공부해야 할지도 모르겠고 시험은 불안하기만 했다. 그렇게 친 첫 시험은 꽤 나쁘지 않았다. 시험 보는 날은 일찍 끝나는 것도 마음에 들었고 친구들과 놀러 가는 것도 좋았다.

시험은 동시에 우리 학년 전체를 두 집단으로 갈라놓았다. 공부를 잘하는 이와 못하는 이. 오로지 성적만을 기준으로 한 분배였다. 친구들이 변하기 시작했다. 나는 공부를 잘하는 친구들이 은근히 시선을 끌고 있다는 것을 느꼈다. 시험이 끝나면 친구들의 주된 이야기는 성적이었다. 나는 여기서 상당한 스트레스를 느꼈다. 이제는 자존심을 지키려면 시험에서 좋은 성적을 받아야 했다.

이건 열심히 노력한다고 다 되는 일이 아니었다. 그동안 내가 경험한 것과는

다른 새로운 개념이었다. 여기서 내 생각은 조금 수정되었다. '이왕 할 거면 열심히 하자'에서 '열심히 노력해서 잘해보자'가 되었다. 수정된 나의 잘하자는 생각은 약간의 부담을 가져왔다. 잘하려면 어떻게 해야 할까 하는 근본적 의문이 생기는 덮쳐왔다. 당장 내일 수행평가며 대회가 닥쳐있는데 그런 걸 생각할 겨를은 없었다.

나는 무작정 달렸다. 그 결과는 조금 실망스러웠다. 그 실망스러운 결과들을 늘어놓고 생각해 보니 조금 더 실망스러워졌다. 내가 작년보다 나아진 게 없다는 불안감, 발전이 없는 나는 나를 또다시 두렵게 만들었다.

두 번째 시험에는 나의 잘해야겠다는 목표를 조금은 체계적으로 바꿔보기로 했다. 그러자 이번에는 괜찮은 결과를 냈다. 그러나 계속해서 해낸 것은 아니었다. 나에겐 계속 혼란이 찾아왔고 그럴 때마다 대책 없이 겪어내며 남은 2021년을 보냈다. 나에게는 귀한 친구가 또 하나 있다. 이 친구와는 초등학교 5학년 때 같은 반을 지내면서 친해졌다. 친해진 이후로는 가끔 생각날 때마다 손 편지를 하는 사이다. 손 편지라는 건 꽤 위로되는 물건이다. 편지는 시간을 들여 한자씩 그 사람을 생각하며 써 내려가는 것이다. 그러다 글자가 틀리면 지우개나 화이트를 가져와서 사소하지만 귀찮은 과정을 거쳐 지워야 하는 것이고. 어떤 편지지를 쓸지, 어떤 펜으로 적을지, 포장은 어떻게 할지 고민해야 하는 것이다. 그 순간에는 편지를 받을 사람의 생각만 한다.

나는 이 낭만적인 과정이 참 좋다. 편지 내용과 관계없이 손 편지라는 존재가 나를 위로한다. 이런 과정을 함께 해준 이 친구는 내게는 너무도 소중하다. 이 친구를 언급한 이유는 중2 생활에도 어김없이 편지를 주고받았기 때문이다.

이때는 거의 매주 편지가 끊이지 않고 오갔었다. 당장 재밌는 일이 생기더라도 편지에 적어서 하루가 지나야지만 함께 웃을 수 있었던 날들이었다. 시험 때문에 바쁘고 혼란스러웠을지라도 편지는 끊이지 않았다. 편지를 읽는 자기 전 5분 남짓한 시간이 나에겐 중2 생활의 또 다른 중요한 버팀이었다.

중2가 되면 다들 중2병이 온다고들 한다. 나는 한창 거기에 빠져있었다. 내가 무슨 행동을 하든지 유심히 생각한 뒤에 이게 중2다운 행동일까. 중2병이라는 걸까. 하고 생각하는 것이었다. 무슨 짓을 하든 사춘기 때문에 흑역사를 만들지 말자고 다짐했다.

따라서 내가 하는 행동이 흑역사로 남을만한 일인지 구분해야 하는 것이다. 얼마나 지났다고 지금 생각하면 이상한지 모르겠다. 여하튼 그런 생각을 하며 지내다 보니 자연스레 자존감이 떨어지는 건 사실이었다. 그때는 글도 쓰기가 싫었다. 글을 어떻게 써도 만족스럽지 않았고 확신도, 자신도 없었다. 이 현상은 글뿐만 아니라 다른 분야에도 적용되기 시작했다. 2학년은 그렇게 이 불안한 현상이 애매모호하게 극복된 채로 흘러갔다.

3

중학교 3학년 현재다. 올해 겨울에도 그 친구와 한 달 살기를 다녀왔다. 이번엔 보름 동안 함께 있게 되었다. 두 번째 여행인 만큼 사이가 깊어졌다. 나는 지금껏 친구에게 마음속에 있는 이야기를 잘한 적이 없다. 지금 고민이나 옛날얘기 같은 건 털어놓아봤자 소용이 없다는 생각 때문이다.

한 번은 이런 적이 있었다. 그리 큰 고민은 아니었지만, 그 당시 가장 친했던 친구에게 털어놓았다. 이런저런 이야기를 주고받던 중 나온 말은 '불쌍해' 였다. 나는 또 불안해졌다. 그리고 속상했다. 내가 왜 불쌍할까. 당시 아직 굽혀

보지 않았던 나의 자존심이 상하는 말이었다. 그 뒤로는 왠지 내가 고민을 말하면 상대가 아무 말을 하지도 않았는데 스스로가 불쌍해지는 느낌이 들었다. 그래서 나는 고민을 이야기할 때는 말하기보다 들어주는 처지가 되기로 했다. 그런데 이번 여행에서는 친구에게 고민거리를 다 털어놓은 것이다. 참 희한하고도 괜찮은 경험이었다고 생각한다. 내가 이야기를 마치자 친구는 아무 말도 하지 않고 나를 바라볼 뿐이었다. 몇 초간의 정적이 흘렀다. 그리고는 아무렇지 않게 다음 얘기를 시작했다. 또 마음이 편해졌다. 내가 불쌍하지 않을까? 라는 생각도 잠시 나는 속상한 마음에서 벗어났다. 경험해보지 못한 일이라 가슴이 두근거렸다.

아무렇지 않게 털어놓기를 성공했다는 기쁨과 후련함. 그 속에 차 있을 때 친구가 말하기를 자기는 들은 걸 다 까먹어 버릴 거라고 했다. 참 이상한 친구다. 그러나 올해도 나의 버팀이 되어 줄 거라 믿어 의심치 않는다.

올해는 작년의 혼란스러운 마음에서 약간 벗어났다. 새로운 어떤 친구로부터 큰 자존감을 선물을 받았기 때문이다. 나는 친구를 돕는 게 좋았다. 나의 영향으로 친구가 즐거워하는 모습을 보면 그렇게 기쁠 수가 없었다. 그 마음이 내 자존감을 키우고 나를 성장시키는 길이라고 생각했다. 올해 느낀 것은 주는 것과 받는 것은 다르다는 것이다. (진심인지는 물어보지 않았지만) 누군가의 진실한 인정과 칭찬을 받는 것은 나를 더 나답게 하는 것 같다.

나는 아직도 소심하고 나를 잘 모르기에 칭찬을 선물 받을 때마다 나에 대해 알아간다. 동시에 자존감이 자라나는 것이다. 내가 항상 괴로웠던 것은 친구들의 장점을 잘 찾아내는 것이었다. 나를 잘 몰라서 내 장점은 보이지 않았다. 친구들의 장점을 볼 때마다 자존심을 굽히고 본받아야지 생각할 때마다 나의 부족함이 드러나는 것 같은 기분도 들었다.

'나는 나를 진심으로 사랑하면서 왜 바꾸려 들까?' 하는 생각이 드는 것이다. 장점만 본다는 것이 나로서는 단점도 존재하는 일이었지만 이제는 친구들에게 마구 칭찬해주고 싶어졌다. 올해는 칭찬의 기술을 배웠다.

나는 내가 예전에 쓴 글을 볼 때 내가 성장했음을 느낀다. 글은 내 생각과 태도를 담는다. 이번에 책을 쓰며 일기도 읽어보았고 예전에 썼던 독서기록장이며 글이란 글은 다 찾아서 읽어보았다. 모조리 읽어보고 이 글을 쓰며 느낀 건 나는 변하지 않았으나 성장했다는 것이다.

최근에 내가 한결같다는 얘기를 들었다. 그 말은 꽤 기분이 좋았다. 난 나름대로 혼란스러운 시기를 겪고 있다고 생각했는데 내 모습을 잃지 않고 단지 성장하고 있다는 확신이었다. 확신을 가진 지금 중학교 3학년의 목표는 한결같이 성장하는 것이다.

이 글을 쓰면서는 좀 부끄러웠다. 내가 뭐라고 이런 글을 쓸까. 쓰고 보니 나에게도 도움이 되었고 나의 모습을 인간 실격의 요조와 겹쳐보고 비교하면서 쓰는 것도 나름 재미있었다. 요조의 말처럼 인간은 모두 신뢰할 수 없다. 도무지 이해할 수 없는 일들이 많고 나는 인간과 어울리기 위해 가면을 쓰기도 한다.

누구나 요조가 되고 요조처럼 생각할 수 있다. 내가 요조와 다른 것은 운이 좋다는 것일까. 운 좋게도 좋은 친구들을 만났고 그들을 신뢰하고 있다. 내가 만난 모든 친구에게 감사를 보내며. 여전히 마음 한쪽에는 요조의 모습을 품고 있다.

위수민(상현중 3)

그렇게 시작됐다. "선생님은 어떻게 생각하세요." 무심한 듯 건넨 한마디, 그것은 열정이었다. 한 철 뜨거운 태양이 머무른 대지의 푸르름처럼. 중요하게 생각하지 않는 순간들의 가치를 건져 올려놓는 소년. 묵묵하게 길 위를 걸어가는 수민이의 모습이 아름다운 이유이다.

절대 악은 없다

부분1

선생직을 물러난 지도 어언 7년 정도 되었다.

이젠 나도 늙었군…. 무덤 앞에서 작게 되뇌었다.

7년 전 선생직을 그만둔 그해 여름이 내 머릿속에 다시 떠올랐다. 그때 그 보라 물뿌리개와 조그마한 잡초 무더기.

8월, 아니 7월 말쯤이었을 것이다.

'이번 주는 불볕더위가 기승을 부릴 것이고 농촌에 피해가 심각할 것으로 예상됩니다.' 라디오 소리가 작게 흘러나왔다.

"불볕더위?. 더, 더워진다고?" 김 선생이 혀를 끌끌 차며 말했다.

"걱정하지 마세요. 날씨 예보 호들갑 하루 이틀인가?" 박 선생이 서류를 정리하며 말했다. "참! 황 선생님 오늘 당직이시죠? 경비실에 창고 열쇠 있으니까 창고 정리 좀 해주세요. 화분에 물 주시고 잡초 뽑는 것도 잊지 마시고요." 김 선생이 짐을 싸며 말했다.

성 선생이 저번 주에 전근을 하는 바람에 내가 보충 당직을 하게 된 것이다.

"네. 알겠으니까 퇴근하세요." 신문을 보며 귀찮다는 듯이 말했다.

작디작은 시골 학교 학생도 100명이 채 되지 않는 작은 시골의 학교였다.

아이들이 축구 소리가 작아질 무렵 시계는 5시를 가리키고 있었다.

"슬슬 일어나야지."

의자에서 천천히 일어났다.

의자에 삐걱대는 소리가 시끄럽게 울려 퍼졌다.

밖으로 나와 잡초를 뽑고 있을 때였다.
"후유…. 더럽게 덥네" 작게 되뇌었다.
그때였다

부분2

"오늘 당직은 성 선생님 아니십네까?"
나는 화들짝 놀랄 거의 자빠질뻔했다.
"이런. 놀랐잖아. 성 선생님은 전근하셨다. 넌 누구냐?"
"나는 서연수라고 합네다. 저번 달에 전학 왔습네다."
"뒤에서 갑자기 말을 걸지 마."
나는 애써 침착하게 대답했다.
"죄송합네다…."
"그리고 너 북한말 뭐냐? 너 탈북민이냐?"
말을 자르며 황 선생이 말했다.
연수는 울음을 참는 기색이 역력했다.
잠깐에 적막 속에 매미 우는 소리가 들렸다.
"혹시 이름이 무엇입네까?" "넌 알 거 없고 황 선생이라고 불러"
나는 애써 뾰로통한 표정으로 대답하였다.

2년 전 6.25 전쟁이 끝났을 때가 생각났다. 종전에서의 기쁨과 내 동생을 더
는 볼 수 없다는 슬픔의 희비 교차가.
우리 가족은 흥남 철수 때 흩어졌었다.
남으로 온 어머니, 나 그리고 이북에 남겨진 동생, 아버지.

그 뒤에는 최대한 북한 사람처럼 보이지 않도록 행동하였다. 우리 동포들이 처형당할 때도 눈물 한 방울 흘리지 않았다.

군에도 자원입대하였다. 무시 받지 않으려면 말투도 공격적으로 바꿨어야 했다. 이때 나이가 겨우 21살이었다.

내가 생각에 잠겼을 때였다.

부분3

그때 내 뒤에서 쩌렁쩌렁한 목소리가 들려왔다.

"야 북조선 뭐하냐?" 학교 남자아이들이었다.

"나는 북조선 아닙네다." 연수가 강하게 부정하였다.

하지만 아이들은 멈추지 않았다.

"야 북조선 간다면 빨리 북조선으로 돌아가."

그 말은 나를 완벽히 긁어놨다.

"이런. 야, 이 이놈들아 당장 집으로 안 가? 애먼 애 괴롭히지 말고 집에 가라."

내가 연수를 뒤로 숨기며 말하였다.

"선생님 선생님도 북조선에요? 저희 엄마가 연수는 북조선이라고 했단 말이에요. 북조선 때문에 전쟁이 일어났대요."

저 아이들이 과연 북조선이라는 말이 무슨 말인지 알고 쓰는 걸까? 나는 너무 어처구니가 없어서 화가 나지도 않았다.

내가 어이가 없던 동안에 아이들은 벌써 도망을 가고 있었다.

"저 진짜 북조선 에미나이가 아닙네다. 나는 고향이 어딘지도 알지 못한단 말입네다."

나는 울고 있는 연수를 보니 마음이 약해졌다.

연수는 애써 꾹 참고 있는 것이 보였다.

나는 복잡한 마음에 성급히 자리를 벗어났다.

부분4

당직이 끝난 다음 날 나는 연수가 누구인지가 궁금해졌다.

"박 선생님?"

"왜 그러세요? 혹시 필요한 거 있으세요?"

"혹시 연수라는 아이가 누구인지 아시나요?"

"아뇨.? 그게 누구인지도 모르는데. 수기라도 빌려드릴까요?"

박 선생님이 웃으면서 말하였다.

"네. 4~8반 수기 좀 주세요."

"저기 창고 두 번째 서랍에 있을 것에요. 창고 열쇠는 바로 앞 화단 밑에 있어요!"

내가 뒤돌아 나가려는데 박 선생이 소리치며 말했다.

낡은 문을 열쇠로 열고 책장 위에 앉은 먼지를 털었다.

"아우. 콜록콜록."

헛기침이 나올 정도로 먼지가 쌓여있는 책장 이 학교에 세월을 대변하는듯했다.

"4-8, 4-8, 4-8…. 여깄군."

벌써 10년은 족히 쓴 듯한 수기 책. 벌써 몇 명에 손을 지나간 것일까. 의문도 잠시 내 마음속에는 더 큰 의문이 떠올랐다.

"서연수. 서연수. 서연수.? 왜 없지?"

내 동공은 떨려갔고 책을 3번씩이나 훑어보았지만 내게 보이는 건 27번 페이지가 누군가에 의해 훼손되어있는 것밖에 찾지 못했다.

"뭐야, 이게 왜.? 여긴 꼭해야 선생님들밖에 못 올 텐데?"

내 머릿속은 이미 의문으로 젖어 들어가고 있었다. 이 수기를 거의 20분인가, 봤을 때였다.

"황 선생님? 여기서 아직도 뭐하고 계세요?"

박 선생이 놀란 듯이 보였다.

"아. 아무것도 아닙니다. 저는 먼저 들어가 보겠습니다."

시간은 4시 55분을 가리키고 있었다.

"네. 퇴근하세요."

박 선생이 인상을 찌푸리며 말하였다.

집에 온 뒤에는 아무 생각도 들지 않았다.

"내가 걔를 신경을 쓰고 있는 거지?"

내 마음속에 작은 의문이 자리를 잡았다.

절대 떨어지지 않을 의문이.

부분5

법은 인간이 정한 가장 엄밀한 것들을 골라 넣은 것이다.

법이란 무엇일까. 법이란 것은 결국 인간이 정한 도덕 중에 가장 엄밀한 부분만 골라 넣은 것이다. 이것만은 꼭 지키라고. 내 물건을 도둑맞기 싫으니까 도벽을 범죄로 지정하고.

내가 죽기 싫으니까 살인을 절대적인 악으로 지정한다. 하지만 인간은 완벽하지 않다. 그렇다면. 법은 완벽한가?

며칠이 순식간에 지났다. 연수는 내 뒤를 교묘하게 쫓고 있고 그 아이들도 연

수 뒤를 교묘하게 쫓으면서 이상한 술래잡기가 시작되었다.

며칠 동안 아는 척 한번 하지 않았지만 계속 따라오는 연수는 마치 거머리같이 날 붙잡고 있었다. 떨어지려고 하면 더.

"왜 계속 내 뒤를 쫓냐?"

내가 쏘아붙이며 말하였다.

"선생님이 가시는 길이 제 길이랑 겹친 것뿐 입네다."

"원하는 게 있을 거 아니야. 말해봐 제발."

"그럼 저랑 어디 같이 가주시겠습네까?"

연수가 쓱 웃으면서 말하였다.

- 이어서 계속 -

언제 다시 쓰려나.

유석준(꿈드림 16세)

어릴 때부터 책에 빠져 살았다. 네이버 블로그의 '종이접는 책벌레'를 통해 글쓰기를 차곡차곡 담고 있다. 창창하다. 작가로서 "인생의 모토는 많은 사람에게 감동을 줄 수 있는 좋은 글을 쓰자."라고 하니⋯. 역시 떡잎부터 빛난다. 무엇이든 선명한 이미지로 남아 오래도록 간직할 멋진 청소년 석준!!

하얀 거짓말

오늘도 전화벨 소리가 들린다. 받아보니 부모님이다.
아마도 잘 사는지 밥은 잘 먹고 다니는지 걱정돼서 그런가 보다.
뭐 자주 있는 일이니 일단 잘 지낸다고 말한다.
그러면 우리 부모님께서 또 지겨운 잔소리를 하신다.

대충 음식 건강하게 먹고 운동 열심히 하고 공부 열심히 하라는 말이다.
알았다고 대답은 했지만 찜찜했다. 왜냐면 이건 거짓말이기 때문이었다.
사실 나는 잘 지내고 있는 편이 아니었다.

아침에 일하고 밤에 공부하는 아주 힘든 생활을 하고 있었기 때문에
끼니를 제때 챙길 여유가 없었다. 라면이나 샐러드로 대충 때우거나 굶는 때
도 있었다.

힘들었다. 하지만 사실대로 말하기 싫었다, 부모님께 걱정시켜드리고 싶지 않
았다.
그래서 거짓말을 했다. 처음에는 나름대로 괜찮았다,

하지만 거짓말을 할수록 왠지 죄책감이 밀려왔다,
그리고 난 양심의 선택을 해야만 했다.
이대로 계속 자신을 또 부모님을 속이며 힘든 생활을 하는 게 옳은 것인가?
아니면 사실대로 말하고 공부를 포기하고 돌아가는 게 옳은 것이냐고 말이다.

한참을 생각했다…. 그리고 결론을 내렸다.
계속 하얀 거짓말을 하기로 조금만 더 이 힘든 생활을 참아보기로
자신을 계속 속이더라도 괜찮다고 거짓말로 되뇌었다.
하지만 이때까지만 해도 몰랐다. 이 선택이 내 양심과 몸에 큰 타격을 입힐
줄은

어느 날 나는 아르바이트하던 식당에서 쓰러졌다,
 정신을 차려보니 병원이었고 내 옆에 부모님께서
살짝 화가 나고 걱정스러운 표정으로 서 계셨다.
그리고 네게 물으셨다. 왜 거짓말을 했느냐고
사실대로 말했으면 편하게 지낼 수 있었는데 왜 그랬느냐고.
" 걱정시켜드리고 싶지 않아서요. 라고 대답했다.

그러자 부모님께서는 속상해하시며 말씀하셨다.
그까짓 걱정 때문에 이렇게 몸을 망가트리냐고
다시는 이렇게 하지 말라고 당부하셨다.

그러면서 손거울을 들이미셨다,
거울에 비춘 내 모습은 가히 충격적이었다.
창백하고 검버섯이 핀 얼굴에 뼈가 앙상하게 드러난 광대
이게 사람 얼굴이 맞나 싶을 정도로 정상이 아닌 얼굴이었다.
마치 거짓말로 인해 시들어버린 내 마음을 보여주는 것 같았다.

내가 하얀 거짓말이라고 생각하고 말했던 지난날들이 떠올랐다.

말이 하얀 거짓말이지 거짓말이나 다름없었다는 걸 이제야 알게 된 것이었다.

왜 그걸 몰랐을까? 그걸 진작에 깨달았으면 좋았을 텐데.

그러면 이렇게 몸과 마음이 망가지진 않았을 텐데.

후회해봤자 이미 엎질러진 물이다.

그래도 이제야 잘못을 깨닫게 되었으니 다행이다.

 앞으로는 거짓말을 하지 않을 것이다. 다시 거짓말을 해봤자 양심에 해가 될 뿐이니까

그리고 내 몸만 상할 뿐이다.

별이 빛나는 밤

어두운 푸른빛의 하늘에 작은 별이
빛나면.

아름다운 광경이 펼쳐지고.

고요한 밤의 도시는 조용한 듯 보인다.

낯설다

마스크를 안 쓰고 거리를 걸어 다녀도 눈치를 안 받고 식당에 칸막이가 없어도
낯설지 않던 시절, 하지만 지금은 모든 것이 낯설다.

외출할 때 마스크는 필수, 공공장소 사용 시, 체온 체크 인증, 세정제 필수
등 예전에는 필요 없던 것들이 생기니까 낯설다.
또 불편하다. 그 질병 때문에 자유롭게 움직일 수도 없다.
사회적 거리두기 때문에 도서관에서도 자리가 부족해서
서서 읽기도 여러 번 이것도 불편하다.

또 사람들이 서로 피한다. 거리두기 때문에.
그런 모습들도 낯설다.

돌아가고 싶다. 사람들끼리 눈치를 안 보고 피하지 않고 답답한 마스크도 쓰
지 않던 그때로.

무제

서늘한 한파가 몰아치던 아침 나는 집 앞 공원에서 조깅하고 있었다.
잠시 공원 의자에 앉아서 휴식을 취하려 할 때 어디선가 들리는 고양이 소리
고개를 돌려보니 갈색의 고양이
고양이는 나를 쳐다보듯이 서 있었고 갑자기 나에게 말을 걸었다.

" 지금 너무 추운데 이불 좀 줄 수 있니?
고양이는 진짜로 너무 추워 보였다.

가지고 있는 건 하나도 없어 급한 대로 덮어준 건
아침에 엄마가 입고 나가라던 그 조끼

이불은 없지만 이렇게 해주면 따뜻해지겠지?

" 고마워 덕분에 살았어! 추워 죽는 줄 알았거든.
너 같은 사람은 처음 봐 다들 나를 무시하거나 안쓰러워만 할 뿐
날 도와주진 않더라고.

말을 듣고 나니 너무 짠했다. 그래서 난 고양이의 집사가 되어 주기로 했다.

고양이도 분명 행복해 할 것이다.

마지막 인사

4년 전 봉사를 위해 한 유기견 임시보호소에 들어섰다.
그곳에는 15마리 정도의 강아지가 있었는데, 그중 유난히 털 색깔이 검고 힘이 없어 보이는 아이가 있었다.
그 강아지의 이름은 "금동이"

처음 구조됐을 때부터 몸이 안 좋았고 병원에서 할 수 있는 데까지 치료를 했으나 더 이상 손댈 곳이 없어 약을 먹으면서 요양 중이라고 했다.
사연을 듣고 나니 금동이가 안쓰러워 보였다.
하지만, 내가 할 수 있는 일은 임시보호소에서 돌봐주거나 병원으로 이동하는 것을 도와주는 것뿐이었다.
그 후 나는 보호소에 갈 때마다 금동을 더 챙겨주었다.
그런 내 마음을 금동도 아는지 차츰 건강을 회복해 나갔고 한 달 뒤에는 뛰어놀 정도로 건강이 좋아졌다.
그렇게 행복할 줄 알았는데….

얼마 뒤 충격적인 소식을 듣게 되었다.
금동이가 보호소에서 가장 큰 개에게 공격당해 혼수상태며 긴급 수술에 들어갔다는 것이다. 그리고 피를 너무 많이 흘려서 위험한 상황이라고 했다.
심하게 걱정이 되었다. 이제야 겨우 건강을 회복한 금동이가 다시 아프다니.
그래도 금동이가 무사히 수술을 마치고 다시 건강해지기를 빌며 기다렸다.

며칠 뒤 나는 금동을 다시 만났다.

금동인 허리에 붕대를 감은 채 보호소 구석에 누워있었다.
금동인 처음 만났을 때보다 훨씬 수척해 보였다.
금동이가 왜 그런지 물어본 후 믿기지 않은 소식을 듣게 되었다.
검사를 진행한 결과 지병이 재발해 시한부 판정을 받았다는 사실이었다.

믿을 수 없었다.
아니 얼마 전까지만 해도 나랑 잘 뛰어놀았던 애인데 갑자기 죽는다니?
이게 무슨 소리야 ㅠㅠ

한숨이 흘러나왔다.
하지만 이런다고 금동이가 다시 건강해질 수 있는 것은 아니기 때문에 얼마나
더 살 수 있는지 여쭤보았다.

선생님께서 1년 뒤에는 하늘나라로 간다고 말씀해주셨다.
...... 나는 순간적으로 아…. 마음의 준비를 해야겠다고 생각했다.

그리고 금동이에게 인사를 했다.
이게 마지막 인사라는 것을 모른 채.
그로부터 얼마 후 슬픈 소식이 전달됐다.

금동이가 새벽 12시 급성 심장마비로 세상을 떠났다는 것이었다.
그날이 금동이 와의 마지막 날이었다.
좀 더 자주 찾아갈걸. 하는 후회와 함께….

비가 계속 내렸다.
금동이가 떠난 후 내 마음이 어땠는지….

그 후로도 비가 오면 금동 이와의 마지막 인사가 생각이 난다.
눈에 넣어도 아프지 않을 우리 금동아 그곳에선 행복하니? 너와 보낸 시간은
짧았지만, 너와 지내는 순간순간이 행복하고 즐거웠어! 금동아 미안하고 고맙
고, 사랑한다.

채은솔(수성중 3)

소년은 온화하고 부드럽다. 빛과 향기를 품고 있으니, 다정한 감수성이다. 글을 쓴다는 것은 '사랑'을 향한 구애(求愛)의 결정체이다. 남김없이 피었다 지는 봄날, 봄꽃. 온전하게 영글어서 빛나는 가을볕 붉은 사과의 향기로움. 은솔의 열여섯살은 굳건하게, 아주 깊게, 우주처럼 박혀 있다.

캥거루처럼 뛰었다

유치원 시절 이야기이다. 이때는 승리욕이 강해서 사소한 것 하나 지기 싫어했다. 운동이면 운동 공부면 공부 뭐든지 이기려고 했다. 하지만 지금 생각해보면 주변인들을 배려하지 못한 부분이 마음에 걸리는 것 같다.

다시 과거로 돌아와서 운동회 때였다. 인생의 첫 운동회여서 그런지 기억이 생생했다. 여러 종목이 있었고 청팀과 홍팀이 이기기 위해 서로 경쟁했다. 아마 나는 홍팀이었을 것이다. 솔직히 어릴 적이라 어떤 것을 했는지는 잘 기억에 남지 않았다. 딱 한 가지 기억에 남는 종목이 있었다. 그것은 이어달리기이다.

주 이벤트인 이어달리기가 시작됐다. 큰 환호 소리와 함께 양 팀의 선수는 힘차게 달렸다. 물론 나도 이어달리기에 참여했다. 초반에는 비등비등하게 달리는 듯싶었다. 주자가 바뀌면서 격차가 벌어지고, 우리 팀은 지고 있었다.

경기의 흐름이 후반이 되면서 마지막 주자가 배턴을 받게 됐다. 나는 마지막 주자여서 부담감이 컸었다. 심지어는 지고 있는 상태여서 어린 나에게는 더욱 컸던 것 같다. 배턴을 받고 힘차게 달렸다.

환호 소리와 응원 소리 딱 2가지의 소리만 들렸던 것 같다. 친구들의 응원 소리에 힘입어 격차를 점점 줄여갔고, 반 바퀴도 남지 않았을 때 역전을 했다. 결승선을 넘고 나니 친구들은 주변으로 달려왔고 함께 승리를 만끽했다. 기억은 잘 안 나지만 엄청 기분이 좋아서 캥거루처럼 방방 주변을 뛰었던 것 같다.

어른이 되면 '어떡하지', 괜찮아!

하루라는 시간은 빨리 지나간다. 어렸을 적 어른이라는 단어는 멀게 느껴졌다. 머릿속으로 생각했다. 빨리 어른이 되고 싶다. 어른이 되면 편해지겠지? 어른이 되면 무엇이 달라질까? 라고….

시간이 흘러 청소년이 된 나는, 어른이라는 단어가 공부 열심히 하라고 매일 듣는 말처럼 가깝게 느껴졌다. 어린이, 어른 두 단어 모두 모래시계처럼 한정적이다. 한정적인 게 싫다고 느껴지게 되고 어른이라는 단어가 멀어졌으면 하는 생각이 들었다.

어른이 되면 사회에 나가게 되고 취업을 해야 하고 열심히 살아가야 하고.

지금의 나는 아직 성인까지 멀긴 했지만 어른이 되는 게 살짝 두려운 것 같다.

여름이다

푸른 하늘과 따스한 햇볕이
나를 반겨주는 6월

뾰족한 줄기를 가지고 있지만
향기로운 냄새를 풍기는 장미

얕은 물이지만 발만 담그고
있어도 시원한 계곡

마루에 앉아 이야기하며
먹는 시원한 수박

집으로 돌아와 쉬는 나를
시끄럽게 하며 방해하는 모기

피곤함과 졸음이 찾아와서
나는 선풍기를 쌔며 잠을 자려고 하고,
장마는 나를 깨우려고 한다

벼락치기 방학 숙제

어릴 적, 여름방학이든 겨울방학이든 계획은 알차게 짠다. 현실적이지 않은 계획, 방학이 되면 모든 패턴은 사라지고, 밤늦게 자서 아주...늦게 일어난다. 엄마는 방학에 항상 말씀하셨다. 숙제 미리미리 해라, 아직 개학까지 한참 남았어! 나중에 할게. 지금 생각해 보면 엄마의 말을 잔소리로 들은 나는 멍청한 것 같다. 매일 놀다 보면 어느새 개학 전날이 된다. 왠지 오늘은 일찍 자고 싶어졌다.

개학에 아쉬움이 있긴 하지만 피곤했다. 눈을 감고 곰곰이 생각했다. 무언가 빠진 것 같은데 뭐지? 아! 방학 숙제 벌떡 일어나서 책상에 앉아 불을 켜고 일기장에 일기를 채워나간다.

이날엔 뭐 했지? 이때 뭐 했지? 머리를 움켜잡고 아…. 그날그날 할 걸 후회하게 된다. 후회할 시간조차 아까워서 손을 바쁘게 움직인다. 벼락치기에 지친 나는 눈이 점점 감겨갔다. 몇 개만 쓰면 되는데…. 그때 딱 좋은 생각이 떠올랐다. 깜빡했다고 하고 몇 개는 쓰지 말자고 생각은 했는데 손은 일기를 쓰고 있다.

숙제를 다 마치고 시계를 보니 새벽이었다. 침대에 눕자마자 잠자리에 들었다. 엄마의 일어나라는 소리와 함께 비몽사몽 하며 일어나 밥을 먹고 학교에 갔다.

학교에 가서 친구들과 이야기한다. "너도 벼락치기 했냐?"

양지원(동탄 중앙고 1)

광교산 산새 소리 요란하다. 새벽에 깼다. 잠이 거친 여름, 종일 비가 내렸다. 제법 굵은 빗방울이 살구 알처럼 후드득 떨어진다. 가만히, 기억을 오래 더듬어서야 지원이와의 첫 만남, 8년 전 이맘때. 영롱한 아이가 벌써 이만큼 컸다. 말이 필요 없다. 나의 자랑은 '진행형'이다.

신 냉전 주의와 관련한 논제

20세기는 냉전 시대였다. 그렇다고 21세기가 평화의 시대였다는 것은 아니다. 2022년을 살아가는 나는, 어디선가, 멀리서 불어오는 바람의 향기가 따스하고 평화로워서 착각에 빠졌다. '세상은 완전하구나.' 라고 생각했다.
더 이상 시대의 갈등과 공포를 느낄 수 없다는 꿈 같은 생각이 준 착시현상이라는 사실이 분명한데도 말이다. 그저 내가 사는 세상을 둘러싼 보호막이 아직은 단단하여 정복감에 가득 찬 손길이 닿지 않았다는 것뿐이다. 광기에 가득 찬 권력자들의 전쟁 선언과 평범한 시민들의 죽음이 과거의 일이 아닌 현재도 계속되고 있다. 세상은 여전히 폭력적 전쟁이 계속 중이라는 사실을 망각했다는 것이 어이없다. 다만, 어이없는 망각이 사실이길 바라는 마음도 여전하다.

역사가 무엇이냐고 묻는다면?
역사는 참 머리 아픈 학문이다. 첫째는 단순히 과거의 흔적일 뿐인 역사는, 역사로서의 가치가 없기 때문이다. '역사는 인간의 감정과 생각을 전하는 이야기'라고 하지만 이는 어디까지나 선택의 문제보다 우선하진 않는다. 선택된 역사만이 살아남아 오늘까지 알려졌을 뿐이다.
두 번째로는 서로 다른 해석과 사고방식이 다양해서 변질성이 심하다는 것이다. 본래는 역사는 과거를 성찰하며 미래를 올바르게 그려 나가는 수단이라는 아주 빤하고도 가장 중요한 덕목에 입각되어있다. 역사가 콜링우드의 주장대로 '가위와 풀의 기록'에 의해 만들어진 해석이 작용하고 있다.

결국 역사의 변질을 이용해 누군가에겐 군중의 심리를 조종할 리모컨이, 다른 민족을 학살할 총이, 국민의 눈과 귀를 막는 안대로 쓰이는 것이다.

〈권력은 왜, 역사를 지배하려 하는가〉를 읽어보니.
국민을 길들이려는 권력은 여전히 많다는 것이다. 자신의 정치적 신념과 명분을 민족의 신성한 역사와 동일시하며 국민의 동참을 요구한다. 이로 인해 권력자들은 종종 역사 교과서를 고치고자 하는 유혹에 빠진다. 우리나라 현대사에서도 반복되는 정치권력의 모습이기도 하다. 이는 결국 국민통합을 방해하고 갈라치는 정치를 만들어내는 소모적인 행위라는 생각이 든다.
권력은 한번 쥐고 나면 놓고 싶지 않은 달콤한 것이다. 이로 인해 독재나 오만편견에 빠져 국민뿐만 아니라 전 세계 사람들에게 고통을 준다.
전 세계의 권력자들이 역사를 정치의 도구로 활용했던 10가지 사례는 상당히 구체적이다. 트럼프의 등장, 시진핑과 푸틴의 역사 미화 정책을 보면 세계에 대한 걱정이 더 많아졌다.

러시아의 우크라이나 침공이 만든 도미노
1990년대에 소련이 붕괴했다. 동구 사회주의가 도미노처럼 무너졌다. 심각한 경제침체와 사회 혼란이 있었던 러시아는 옐친 대통령의 결정으로 구소련 연방국들의 NATO, EU 가입을 수락한다.
2000년이 되고 푸틴이 대통령이 되었지만, 서방세계에서 보는 러시아는 참패, 그 자체였기 때문에 그의 지지율은 하락하고 있었다. 러시아 국민은 과거의 혼란스럽지 않았던, 어쩌면 잊힌 과거의 공산주의 시대를 그리워하게 된다. 이 상황을 극복하기 위해 푸틴은 러시아식 정치, 서방세계의 눈치 따위는 보지 않겠다는 정치방식을 선택한다.

2022년 2월에 시작된 푸틴의 우크라이나 침공도 같은 맥락이다. 특히 전쟁이 예상보다 장기화하면서 세계 경제의 막대한 영향을 주기 시작했다. 세계적으로 에너지, 곡물 등 원자재 가격의 가파른 상승을 일으키고 있다. 우리나라 경제 상황도 심각해지고 있다. 아직 운전하진 않지만, 주유소의 원유가격 상승은 학교에 갈 때마다 볼 수 있다.

또한 이번 전쟁은 유럽에는 큰 전환점으로 작용하고 있다. 2차 세계대전 이후 극도로 신중한 외교·안보 정책을 펼쳐온 독일의 변화이다. 앞으로 유럽의 전쟁 도미노가 어느 대륙으로 상륙할지 걱정이다.

사회주의가 망했다고?

1989년 국제정치학자 프랜시스 후쿠야마는 〈역사의 종언〉을 선언한다. '역사의 종언'이란, 민주주의와 자유 시장 경제 체제가 승리하고 자리매김 한다고 얘기했다. 사회제도의 발전이 종결되고 사회의 평화와 자유와 안정이 계속 유지된다는 주장이다.

민주주의 정치가 정치체제의 최종형태이며, 안정된 정체가 구축되기 때문에 정체를 파괴할 수 있는 전쟁이나 쿠데타와 같은 '역사적 사건'이 더 이상 발생하지 않는다는 것을 뜻한다. 후쿠야마는 이를 통해 완전한 세상이 온다고 생각했다.

과연 그럴까? 국제 정세는 여전히 많은 분쟁과 갈등을 겪고 계속되고 있다. 물론 아직 자본주의 외에 어떤 확실한 대안이 제시된 것은 아니지만.

마빈 해리스의 〈문화의 수수께끼〉를 읽어보면 차별과 혐오가 점차 사라져가는 것 같지만 그런 것들은 우리 삶 속에 더 교묘하고 복잡한 형태로 복귀하고 있다는 생각이다. 타인에 대한 열린 생각, 다른 문화에 대한 상대주의적 관점 즉, 각기 다른 생활양식은 서로 무관해 보이지만 사실 유기적으로 연결된다는 것을 이해하지 않으려는 무지와 광기의 새로운 버전이 생겨나는 세상이다. 특정한 세력들에 의해 자행되는 왜곡된 사상에 맞서야만 하는 과제가 21세기 살아가는 우리에게 주어졌다.

패권주의 역사는 현재 진행형이다

우린, 우리의 삶에 스멀스멀 스며드는 부정적인 세상일들을 자각하지 못하는 것이다. 이에 동의한다. 러시아 우크라이나의 표면적 전쟁뿐만이 아니라 경제적 이익을 목적으로 벌어지는 각국의 전략은 모두 경제적 이권을 위한 것이다.

영국의 EU 탈퇴와 중국의 일대일로 사업, 특히 중국은 현대판 실크로드를 다시 구축하겠다는 의도를 분명하게 밝히고 있다. 주변국들과의 무역 확대를 위한 대규모 프로젝트다. 2013년 시진핑 주석에 의해 시작된 사업은 2021년 현재 140여 개 국가 및 국제기구가 참여하고 있다. 내륙 3개, 해상 2개 등 총 5개의 노선으로 추진되고 있다. 세계의 공장에서 세계의 시장으로 성장한 중국의 패권 전략의 직격탄에 노출된 대한민국의 대응 전략이 어느 때보다 중요하다. 17세기 동아시아 패권의 변화를 읽지 못하고 조선의 백성들에게 가혹한 시련을 안겼던 인조와 서인 정권을 반면교사로 삼아야 한다.

이제는 정치와 경제가 하나의 국가 전략으로 만들어진 시대는 구시대의 유물이 됐다. 신자유주의와 시장경제가 세계를 지배하는 과정에서 신냉전 주의 또 다른 불안을 만들고 있다. 러시아의 우크라이나 침공, 미얀마의 군사쿠데타에 대한 중국의 지원은 세계 평화에 심각한 위험을 내포하고 있음을 경고한다.

사피엔스가 지구상에 존재하는 한 평화는 가능하지 않으려나. 이를 불안하게 지켜보는 열일곱 고등학생은 기말 시험 만큼이나 미래의 삶도 불안해 하고 있다.

전희주(분당고 2)

어떤 슬픔은, 주어가 없다. 함부로 단정할 수 없는 삶, 그 속에는 자신만의 피안이 존재한다. 유치환은 〈행복〉을 껴안고 평생을 살았을지라도, 결국은 슬픔의 풍장일 뿐이다. 마음으로 문장을 다듬는 희주를 안다. 선명하고 오롯하며 힘 있는 글 뿌리의 감성을 지닌 선 고운 소녀의 마음을….

난민, 그들이 무엇을 그리도 잘못한 걸까?

우리가 살아가면서 보고 느낄 수 있는 누군가의 아픔은 우리의 손을, 발을 움직이게 하고, 때로는 다수의 생각을 한데 모으게 하는 힘을 가지고 있다. 그중, 우리는 뉴스나 신문, 책에서 난민에 관한 이야기를 자세히 듣고 볼 수 있으며 느낄 수 있다.

난민이란, 인종, 종교, 또는 정치적. 사상적 차이로 인한 박해를 피해 다른 지방으로 탈출하는 사람들을 말한다. 우선 서두에 던진 질문에 답해 보자면, 난민은 박해받아야 할 어떠한 잘못도 저지르지 않았으며, 그들이 권리를 침해당해야 할 타당한 이유는 더더욱 없다.

전 세계는 난민 수용 문제를 두고 고민하고 있다. 난민 수용에 반대하는 이들의 주장은 이러하다. "이슬람교도 난민 때문에 범죄가 늘었어요", "한국은 난민을 수용하기에는 그릇이 너무 작아요" 등의 범죄와 경제적 문제가 난민을 수용해서는 안 될 마땅한 이유라는 것이다. 이런 일부의 주장에 대해 다음과 같은 논거를 바탕으로 반론을 펼치고자 한다.

첫째, 일반적으로 여론 조사 결과와 현실적인 문제 사이의 괴리이다. 여론 조사를 보면, 난민 수용 반대 이유 중 범죄 우려가 44.7%로 가장 높다. 트럼프 전 대통령은 스웨덴이 2015년 난민 8만 명을 수용한 후 총기사건 및 성범죄에 시달린다고 주장하였으나, 그 해 스웨덴의 범죄는 감소하였다. 물론 이슬람교도 범죄자가 없는 것은 당연히 아니다. 하지만 이는 사건의 범죄자가 모슬렘인이라는 사실과는 무관하다.

둘째, 경제적 문제를 살펴보자면 당연히 일자리가 부족한 우리나라에서는 그들로 인한 일자리 감소 문제를 걱정할 수 있다고는 생각한다. 하지만 우리는 그들이 해주면 좋을 일자리들을 아직 많이 남겨두고 있다. 우리나라 청년들이 꺼리는, 그래서 외국인 노동자가 대신해주는, 필요하지만 대부분 사람이 꺼리는 일들을 해줄 수 있지 않을까? 그렇다면 우리나라 또한 경제적 이득을 볼 수도 있으리라 생각한다. 우리나라에서 한국인들이 내는 세금을 난민에게 쓰는 것이 아깝다고 생각한다면 전혀 그렇지 않다.

왜냐고 묻는다면, 우리나라에서 2020년 기준 난민을 위해 집행된 금액은 정부 총예산의 0.0004%에 불과하며, 별도의 법이 명시하지 않은 이상 난민들의 생활비로 지급되는 세금은 전혀 없다. 우리나라가 그들을 담기에 그릇이 너무 작다고 하는 것은 더욱 모순된다. 대한민국은 선진국으로 꼽히는 나라 중 한 국가이다. 선진국일수록 어려운 이들을 더 잘 도와야 한다는 것은 누구나 알 수 있는 사실이다. 난민처럼 갈 곳 잃은 사람들을 경제적으로 여유 있는 국가가 아니면 어느 누가 받아줄 수 있겠는가?

셋째, 역사적 사실을 근거로 한 국제 사회의 일원으로서의 책임감이다. 대한민국은 한국 전쟁과 일제 강점기를 겪으며 중국, 미국 등지로 흩어져 살아야 했던 아픈 역사가 있는 나라이다. 우리도 세계 곳곳에 정치적, 경제적 이유로 난민의 삶을 살았던 역사가 있다. 그런데도 우리나라는 다른 선진국들에 비해 난민 수용률이 현저히 낮다.

또한 현재 우리는 탈북민을 수용하고 있다. 탈북민을 수용하고 있는 우리나라가 난민을 수용하지 않는 것이 과연 공정한 일이라고 할 수 있겠는가? 한국은 2012년 아시아 최초로 난민법을 제정하였다. 그러나 난민법 폐지를 요구하는 이들의 목소리가 커지고 있다. 이들은 난민이 일자리를 뺏고 세금은

지원받는다며 강제로 돌려보내야 한다고 외친다. 총소리가 끊이질 않고 이웃이, 가족이 다치고 세상을 떠나는 그 암담하고 처참하며 두려운 땅을 다시 밟게 하라는 소리이다.

어떻게 우리는 그들에게 죽음과 가난이 도사리고 있는 고향으로 돌아가라고 할 수 있겠는가?

행복을 둘로 쪼갤 수 있다면 쪼개어 나누는 것이 진정한 더불어 사는 사회이고 세상이다. 행복은 둘로 나눈다고 해서 더 작아지는 것이 아니다. 행복을 나누고, 나눈 이들과 함께한다면 다시 하나가 된다고 생각한다.

그러기에 당장 위급한 상황에 부닥친 이들에게 우리의 편리한 생활과 안전한 울타리 안의 행복한 일상을 공유하며 그들과 함께 모두가 행복할 수 있는 날들을 만들어 나가면 되는 것이다. 또한 먼 훗날 우리가 그들에게 나눈 마음을 되돌려 받는 날도 올 수 있을지 모른다.

누군가가 두려움에 휩싸이고 이 세상을 떠나는 순간에도 우리는 그들이 우리에게 어떤 피해를 주게 되는지만 고민하고 또 생각한다. 힘없는 어린아이와 꿈 많은 젊은 청년들도 목숨을 잃는 이런 상황을 우리는 지켜만 보아서는 안 된다.

난민은 그 무섭고 끔찍한 나날들을 견디지 못해 자신들의 목숨을 걸고 탈출한다. 새 삶의 터전을 찾아 떠나는 과정에서만 한 해에 수천만 명이 목숨을 잃는다. 그중 전 세계 사람들의 마음을 아리게 한 아이의 이야기가 있다.

바로 시리아 출신 알란 쿠르디라는 3살의 어린아이이다. 이 작은 아이는 터키의 해변에서 모래에 얼굴을 묻은 채 차갑고 매정하기만 한 파도를 맞고 있었다. 알란 쿠르디는 IS가 쿠르드족과 벌인 잔혹한 전쟁을 피해 가족과 함께 배를 타고 떠나다가 배가 뒤집히는 바람에 이미 우리 곁을 떠난 상태로 발견되었다.

쿠르디의 형을 비롯하여 어린이 5명이 세상을 떠났고, 십 수명이 숨지고 실종되었다. 쿠르디의 사연은 전 세계인이 난민에 대해 다시 한번 생각하게 하는 계기가 되었다.

최근에는 2021년 11월 24일, 프랑스 북부에서 고무보트를 타고 바다를 건너다가 보트가 전복하여 27명이 숨지는 사건이 언론을 통해 알려졌다. 이때 살아남은 생존자들의 이야기를 들어보면 보트가 전복했을 당시에 프랑스와 영국이 서로 책임을 떠넘기다가 더 구할 수 있었던 사람들을 구하지 못하였다고 한다. 만약 두 나라 중 한 나라라도 인도주의적 차원에서라도 먼저 나서서 그들을 구출했다면 훨씬 더 많은 사람이 귀한 목숨을 건졌을 것이다. 난민은 이렇듯 자신들의 고향에서 무차별적인 폭력과 정치적 탄압을 받은 아픈 기억을 가지고, 또 무거운 마음을 가지고 완전히 새로운 곳으로 떠나기로 한다. 어쩌면 그들에게는 이전보다 더 험할지도 모르는 난민의 길로 들어서게 되는 것이다. 그리고 그 과정에서 안타까운 일들이 벌어지게 된다.

우리는 이렇듯 단지 살기 위해 자기 고향을 떠나 낯선 세상으로 몸을 던지는 그들의 안타까운 이야기를 듣고 보면서도 어찌 이들을 모른 체 할 수 있을까? 평소 우리는 입버릇처럼 '어려운 이들을 도와야 한다'라며 그것이 옳은 일임을 이야기하면서도 정작 자신은 절실한 도움이 필요한 사람들을 지나치고 있는 것을 알아차리지 못한다는 사실은 인간 내면에 숨겨진 이기심이라는 것을 왜 깨닫지 못할까? 과연 이것은 정의를 대내외적으로 부르짖으며, 공정, 세계 평화를 이야기는 하는 우리들의 민낯이 아닐까?

난민이 사는 그들 나라의 상황이 바뀌지 않는다면, 우리의 태도와 마음가짐부터 먼저 바뀌어야 한다. 하지만 우리 사회는 여전히 바뀔 일말의 희망조차 보여주지 않고 있다. 이렇게 우리가 가족과 함께 맛있는 밥을 먹고, 친구들과 떠들고 웃을 때 누군가는 극한 두려움에 떨고 슬픔에 눈물 흘리고 있다는 것을 떠올려 볼 필요가 있다.

그렇다면 난민이 우리 곁에 있을 때 우리는 그들에게 구체적으로 어떤 도움을 줄 수 있을지 생각해 보자. 난민이 우리와 함께 살아가야 한다면 우리는 그들을 우리와 모습은 다르지만 동등한 인격적 대우를 받아야 할 사람으로 보아야 한다. 남의 나라에 와서 세금과 일자리만 떼어먹는 사람이라는 시선을 가지고 있으면 이 문제는 해결되지 않을 것이다.

역지사지(易地思之)의 정신이 필요하다. 즉 그들의 문제에 당사자 자격으로 견해를 밝혀 본다면 이 문제의 해답은 간단명료하지 않을까 한다.

정치적, 경제적 논리 이전에 서로의 경험을 바탕으로 한 현실을 인식한다면 조금 더 쉽게 난민 수용 문제에 접근할 수 있을 것이다.

오룡(오룡 인문학연구소)

아이들과 함께 책을 읽는 즐거움을 나누며 산다. 시대를 읽어내는 냉철한 이성과 타인을 향한 따뜻한 마음을 가진 사피엔스로 자라나길 바란다. 〈오룡 인문학연구소〉를 운영하며, 평생교육원 · 도서관 · 공공기관에서 역사를 강의한다. 유튜브 〈오룡역사 TV〉도 시작했다.

지은 책으로 《적폐역사 개념역사》, 에세이《난중일기》, 다수의 《한국사 자습서》, 학생들과 함께 《우리들이 진짜 하고 싶은 이야기 글로 적다》, 《떡볶이보다 맛있는 10대들의 글쓰기》 등이 있다.

무량수전 배흘림기둥은 그대로였다

초여름의 소백산맥은 강렬한 초록의 군상(群像) 이었다.
작열하는 태양은 작은 나뭇잎 하나 말리지 못할 정도로 강렬했다.
그곳에 조용한 서원이 있다.
은은하고 가지런하며 소박한 풍광이 몸속으로 들어오는 서원이다.
소나무 숲속은 산림욕을 하고 싶을 정도로 상쾌한 피톤치드를 느낄 수 있다.
서원 옆으로 흐르는 시냇물 소리가 경쾌했다.
물가에 세워져 있는 '겸령정' 곳곳에 걸려있는 문장들은 공부와 휴식을 '겸'하기에 좋았을 것이다.

1543년, 중종 때 풍기 군수 주세붕은 백운동 서원을 세웠다.
성리학을 들여온 문성공 안향을 기리고 자제들을 교육하기 위함이었다.
1550년, 무너진 백운동 서원은 퇴계 이황에 의해 소수서원으로 사액 받았다.
1868년, 흥선대원군이 6백개의 서원을 철폐할 때도 살아남았다.

여름의 봉황산은 초록의 바다였다.
일주문에서 올려다본 범종루는 아득했다.
범종루에서 세 계단을 오르면 드디어 아홉 단 석축 돌계단의 마지막인 상품단이다. 안양루에서 보이는 석등은 관음보살의 빛을 뿜어주듯 미려하고 단아했다.
무량수전은 선(禪)과 속(俗)이 하나로 융합된 경전의 공간이다. 여기는 9품의 상품상생(上品上生) 극락의 마당이다.

'하나가 전부이며, 전부가 하나'인, 일즉다(一即多) 다즉일(多即一)인 화엄의 세계이다.

무량수전 안의 아미타 소조 여래 좌상은 발아래 산하를 정면으로 내려다보지 않는다. 지혜와 자비의 아미타불은 서쪽에 앉아서 동쪽을 바라본다.
통일신라 불상의 근엄한 자태는 흐트러지지 않았고, 고려 초의 온화한 미소는 보일 듯 말 듯 하다.
현존하는 최고 건축물. 고려 우왕 2년인 1376년에 다시 지은 국보 18호 무량수전이 보호해 주는 국보 25호 아미타불은 화엄사상의 정신을 구현하기 위해 무량수(無量壽)로 존재할 것이다.

무량수전 앞마당에서 내려보는 백두대간은 질주하는 초원의 말 떼처럼 동해를 향해 달려간다.
삼한일통을 향한 창검과 말들의 호흡소리 요란하던 최전선에 세워진 화엄의 종찰. 천년이 넘도록 여전히 그 자리에 존재하니 영겁의 사찰이다.
의상은 한평생 옷 세벌과 물병 한 개와 밥그릇 하나 외에는 지닌 게 없었으니 경제적으로 욕심도 없다.
그런 그가 '이 땅은 신령스럽고 산이 수려하여 참으로 법륜을 굴릴 만한 곳이다. 화엄은 이처럼 선하고 복을 받은 땅이 아니면 융성할 수가 없다'라고 전하는 〈송고승전〉을 보면 부석사 건립을 위해 어떤 셈을 한 것일까.
여하튼, 의상은 노림수가 있었다. 의상은 정치적인 계산을 하지 않았을지라도 사람들은 정치적으로 활용했다.

676년에 문무왕은 당나라를 몰아냈다.

당에서 돌아온 의상은 왕명으로 부석사를 세웠다.

〈삼국유사〉에 실려있는 창건 설화에 등장하는 선묘는 당나라의 여인이다.

"당나라로 불교를 배우기 위하여 떠난 의상은 상선을 타고 등주 해안에 도착하였는데, 그곳에서 어느 신도의 집에 머무르게 되었다. 그 집의 딸 선묘는 의상을 사모하였으나, 의상은 오히려 선묘를 감화시켜 보리심(菩提心)을 발하게 하였다.

(···) 선묘는 의상의 공부를 뒷바라지하였다.

이후 의상은 공부를 마치고 신라로 돌아왔고, 선묘는 의상이 떠난 바닷가에서 빠졌으나 용이 되었다."

원효는 여인으로 만나고 싶었던 요석공주의 집으로 찾아가 아들을 낳았으나, 의상은 애인하고 싶어 제 발로 찾아온 선묘를 돌려보냈다.

범부(凡夫)는 부처의 세계에 존재하는 상수(上手) 고승들의 사랑을 알지 못한다.

하수(下手)의 삶을 사는 범부(凡夫)는, 살아서 사랑을 이룬 요석공주보다 죽어서야 의상의 사랑을 얻은 선묘의 삶이 기구해서 위로하련다.

화엄의 세계에선 삶과 시간과 공간의 설정을 철거해 버렸다 해도, 사랑은 절절함과 애틋함만이 아닌 지지고 볶는 것으로 존재할 때 비로서 살아난다.

'무량수전 배흘림기둥에 기대서서 사무치는 그리움으로' 최순우를 기억한다.

스님도, 속인(俗人)도 한적한, 무량수전 앞에서 홍건적을 피해 허겁지겁 도망 나온 공민왕을 연민한다.

선묘각과 조사당의 호젓한 숲길에서, 만날 것 같은 대사와 낭자를 상상하며 한참 동안 머뭇거렸다.

「화엄일승법계도」에서 의상이 말한 대로, '법성(法性)은 원융(圓融)하여 두 모습이 없고, 제법(諸法)은 부동(不動)하여 본래 고요하다'라는 부석사의 여름은 여유로웠다.

서방정토가 따로 없고 극락이 여기인 듯, 오늘은 마땅히 속세에서 어느 정도 비켜서 있는 날이다.

여행은 온전히, 나의 소유이다

여행은 역동성을 풍부하게 드러낸다.
여행은 언제나 모호해서 철학적이며, 철학적이어서 내 맘대로이다.
여행은 온전한 풍경을 소유하려는 자의적 행동의 발현이다.

시선의 일방성은 근대성의 하나이다.
하지만 인도에선 보는 쪽이 보이고, 보이는 쪽이 보는 것이다.
델리에서 자이푸르로 향했다. 가도 가도 끝나지 않는 데칸고원의 마른 길 위
에서는 보든, 보이든 알아서 순연(順延)해진다.
자동차 전용도로를 걸어가는 사람과 차를 탄 사람은 마주 보고 나란히 가고
있다.

인도의 마음은 넓고 깊다.
소의 눈망울과 어린아이들의 큰 눈은 하나로 모여 끔벅거린다.
영속(永續)으로 이어져 온 시간의 가루들은 반짝이는 힌두의 역사로 명멸
했다.
그 위에 덧입혀진 붓다와 무함마드의 융합은 외지인을 경이롭게 바라보는 포
용을 허락했다.
수백의 눈을 가진 시바와 비슈누가 허용한 공존을 경험하지 못한 외지인
은 익숙하지 못한 웃음을 흘릴 뿐이다.

신비가 아닌 현실의 인도는, 허덕이는 삶을 짊어지고 걸어가는 사람들
이 내 몸에 박혀서 한동안 머물 것이다.

시크리성의 늙은 소와 등 굽은 말의 허연 눈망울이, 붉은 아그라성과 델리 거리의 늙은 개들이, 건조한 바람에 바스락거렸다.
장엄하고 거대한 성벽을 만들었을 무굴제국의 아크바르와 아우랑제브 보다 저 가엾은 짐승들의 숨소리가 깊게 후벼왔다.

여행은 생각의 산파다.
집 밖을 나와서야 길이 보인다.
그 길을 볼 수 있으려면 길 위에 나가봐야 안다.
머물지 않는 햇빛과 바람이 엉긴 인도를 안다는 것은 무던히 걷는 것이다.
시간을 소생시킬 수 없는 땅 위에서 간디가 사랑한 인도와 왕비 뭄타즈 마할에 대한 샤자한의 사랑을 생각하며 걸었다.
삶은 흩어지고 세월이 소멸해 하얗게 빛나는 타지마할 앞에서 깨달았다.
문밖에 나가면 모든 길이 내 길이었던 인도는 흔적에 대한 연민이었다.
'나의 잊히지 못하는 인도'.
수천 년의 빛과 바람이 부딪쳐온 인도에서 나는 여전히 아둔할 뿐이다.

시즌2 떡볶이 10대들의 글쓰기

초 판 1 쇄　2022년 7월 11일

지 은 이　노정윤 송지윤 양은우 강민준 이서형 조민재 이준민 유경빈
　　　　　이유빈 전도준 윤지민 이규하 정태훈 강지민 권규헌 박한나
　　　　　안예원 위수민 유석준 채은솔 양지원 전희주 특별기고-오룡

펴 낸 이　김종경

편집디자인　광문당

캘리그라피　윤병은

인 　 쇄　광문당

펴 낸 곳　북앤스토리
　　　　　경기도 용인시 처인구 지삼로 590 CMC빌딩 307호
　　　　　전화 : 031-336-8585 팩스 : 031-336-3132

이 메 일　poet0120@gmail.com

등 　 록　2010년 7월 13일 / 신고번호 2010-8호

ISBN　979-11-977281-2-9

값 13,500원